KB120808

웃음의 배후

시작시인선 0474 웃음의 배후

1판 1쇄 펴낸날 2023년 6월 2일
지은이 윤홍조
펴낸이 이재무
기획위원 김춘식, 유성호, 이형권, 임지연, 홍용희
책임편집 박예솔
편집디자인 민성돈, 김지웅, 정영아
펴낸곳 (주)천년의시작
등록번호 제301-2012-033호
등록일자 2006년 1월 10일
주소 (03132) 서울시 종로구 삼일대로32길 36 운현신화타워 502호
전화 02-723-8668
팩스 02-723-8630
블로그 blog.naver.com/poemsijak
이메일 poemsijak@hanmail.net

ⓒ윤홍조, 2023, printed in Seoul, Korea

ISBN 978-89-6021-718-8 04810
      978-89-6021-069-1 04810(세트)

값 11,000원

*본 사업은 2023년 ⬥부산광역시 , B.여주도 부산문화재단 〈부산문화예술지원사업〉으
  로 지원을 받았습니다.

웃음의 배후

윤홍조

천년의 시작

시인의 말

지금껏 나를 찾아다녔다
나는 어디에나 있었고 어디에도 없었다
가도 가도 미궁인 삶
여기 그 여정의 흔적을 남긴다.

차 례

시인의 말

제1부

첫눈 ——— 13

지란지교芝蘭之交 ——— 14

출입금지 ——— 15

북어 ——— 16

터미널 ——— 17

군자란君子蘭 ——— 18

연어가 돌아올 때 ——— 20

푸른 덫 ——— 22

보리의 집 ——— 24

만삭 ——— 26

웃음의 배후 ——— 28

나의 완벽주의 ——— 30

뻐꾸기 울음소리 ——— 32

뚝! ——— 34

봄밤 ——— 36

제2부

고요를 듣다 ——— 39

시간의 관 ——— 40

기억의 집 ——— 42

소리에 대하여 ——— 44

길의 문장 ——— 46

꽃으로 말하다 ——— 48

거울 ——— 50

그림자의 그림자 ——— 52

길을 보다 ——— 54

그동안의 생 ——— 56

절대적 식물주의 ——— 58

나는 해독된다 ——— 59

이름 꽃 ——— 60

도시인 ——— 62

바보 달력 ——— 64

백일몽 ——— 66

제3부

용궁사의 봄 ──── 69

홀로 아라리 ──── 70

적벽을 울다 ──── 72

이슬의 힘 ──── 74

맛! ──── 76

냄새의 그림자 ──── 78

파동 ──── 80

그 집 앞 ──── 82

혼밥 ──── 83

풍문 ──── 84

씁쓸한 묘약 ──── 86

달 달 무슨 달 ──── 88

방충 ──── 90

잔인한 사월 ──── 92

제4부

소리 낮 ——— 97

방화범 ——— 98

가로수가 있는 풍경 ——— 100

언뜻, 하느님 ——— 102

둥근 사각 ——— 104

거기 누구세요? ——— 105

집은 물통을 이고 ——— 106

비손 연가 ——— 108

첫봄 엄마 ——— 110

푸른 신호등 ——— 112

봄비 ——— 114

아이들의 집 ——— 115

이상한 버릇 ——— 116

십일월 ——— 118

해 설

김경복 봄의 시학, 그 궁극적 영혼주의 ——— 120

제1부

첫눈

눈이 귀한 까마득한 기억의 마을에 첫눈 오면

하늘의 스란치마 하늘하늘 귀히 첫눈 내리면

너나없이 얼비친 치맛자락 하얗게 곱게 차려입고

어디론가 두근두근 설레어 길 나서는 사람들,

마치 꿈길을 걷듯 발걸음도 가볍게 사뿐사뿐

휘황한 치맛자락 나풀나풀 날개옷 걸어가면

어느새 내 몸도 저리 아득히 천상의 날개 단 듯

맑은 몸에 맑은 영혼 오롯이 깨끗이 생겨나서

한껏 휘날리는 바람의 치맛자락 추슬러 감싸 안는

저 걸음걸음 오래 잊었던 하늘 우러르는 눈부신 사람들!

지란지교芝蘭之交

잎새들 사이 두 줄기 오동통한 꽃대 올라왔다 애타는 내 기다림에 이제야 꽃이 피려나 난 반갑고도 믿기지 않아 보고 또 바라본다. 혹 저 꽃대 도로 분 속으로 들어갈까 보아 부정이라도 탈까 보아, 햇빛 채광과 달빛 그림자를 가늠해 바람의 방향을 돌려놓고 싶기도 하고 몇 번이나 창을 열었다 닫았다 성스러운 기도의 손길 마음의 걸레질 수십 번 하였다

그런 어느 날, 난꽃 활짝! 천지에 개화의 꽃송이 터뜨렸다. 집 안에 은은한 향기 감돈다 마치 자신을 가다듬는 귀한 사람같이 볼수록 흰 꽃 색 정갈하고 부시다. 어느 날 문득 바람 없는 깨끗한 청빈의 뒤끝 남기려는지 샛바람에도 흐트러짐 없는 고고한 품성 싱그러이, 식구들 눈 불러들인다 아예 내외해 하나로 몸 묶어 살아가는, 저 난꽃 피는 고요한 설렘!

출입금지

졸졸졸~~ 계곡에 머문 듯 흐르는 도랑물 본다. 아무렴, 이런 얕은 물에도 생명이 살까? 내 호기심은 물의 유리창 갸웃 고개 두리번거리는데, 그때 어른어른 빛의 물살 가르며 가물가물 눈에 들어오는 물의 깃털 같은 것들, 하늘하늘 보호색 흙빛 몸 열고 닫으며 그늘진 바위틈 수초처럼 드나들며 제 생명의 초석 심고 있는 저 작은 몸 몇!

지난여름 콸콸콸 천둥 치던 물소리 사라진 봄 가뭄 깊어 훤히 바닥 드러난 물에 고물고물 살고 있는 어린 송사리 떼 본다. 마치 꺼질 듯 파르르 일어나는 불꽃같이 봄날의 노란 허기 빈 밥그릇같이 텅 빈 대지의 계곡에 없는 듯 살고 있는 물고기 몇 마리가 장대한 산자락 다 꿰차고 있는, 저 생명의 씨앗 기르는 봄

그날 난, 풀잎 한 점도 예사로이 지나칠 수 없는 생명의 환호작약 콸콸콸! 대지를 흔드는 푸른 물소리 점입가경 깊어지는 숲의 함성에 돌연, 머리가 곤두서는 두려움 으스스 대지모신의 신성한 기운 앞에, 때 절은 발길 들킬까 쫓기는 도망자 숲을 나왔다

북어

　그래, 가장 손쉬운 방법은 때리는 거야 답답한 속앓이 몸
과 마음을 확, 너로 푸는 거야, 애끓는 수심 불붙는 속심 어
쩌지 못할 때 단번에 탁, 내려칠 수 있는 건 너뿐이야 탕탕!
질긴 등살에 힘을 가하며 앙다문 이빨 난도질하며 내비칠
수 없는 심연 네가 대신 울어 주는 거야 밤새 끓인 애간장 말
못 할 속사정 사정없이 후려치는 거야, 막무가내 두들겨도
마음의 죄책 없는 넌 일찍이 메마른 세상에 보내 줬어, 네
몸은 이미 저 북양의 황태로 굳어 삶을 노랗게 길들여 왔어

　삼켜도 삼켜지지 않고 뱉어도 뱉어지지 않는 이 약육강
식의 세상에 넌 만만한 해결사로 보내졌어, 패대기쳐 때려
도 질겅질겅 짓씹어도 네 본분은 오직 부드러운 솜털같이
놓여나는 거야, 질기고 질긴 속살 앙다물고 살아온 불통의
삶 벗어날 수 없을 때, 내가 할 수 있는 일이라곤 오직 너를
내 몸이듯 두들기는 거야, 간밤의 숙취 쓰린 속을 부엌이
떠나가라 탕탕! 내리치는 거야, 아침이 빙긋이 밝은 미소로
마중할 때까지 네가 나를 어르고 달래어 시린 속 시원한 물
줄기 후끈, 해갈할 때까지 탕탕! 두들기고 두들기는 거야!

터미널

바람 부는 바람의 터미널, 푯대 없는 깃발처럼 펄럭펄럭 옷자락 끌리는 소리만 쓸쓸한 땅

저 멀뚱 표정 없는 버스들은 안다 쌩— 떠나 버리는 그 바람의 뒤끝을 연기처럼 사라지는 막막함의 끝,

어디론가 훌쩍 떠난다는 것은 홀로 나만의 시간에 몸 맡긴다는 것 내가 네게서 아득히 멀어진다는 것

터미널 들어서는 순간 우리는 모두 이름도 성도 없는 우글우글 길의 나그네 스스로 바람의 존재 되어 풀려나는 때

저 넓은 초원을 누비는 누 떼처럼 무작정 길 나선 방랑자처럼 가벼운 몸 훌훌 무엇도 걸림 없이 나를 떠나 나를 찾는 신생의 한때

풀린 몸의 실꾸리 팽팽 되감는 너와의 시린 사랑도 따뜻한 봄을 맞는 부푼 몸 새로운 의욕에 차 푸르러 돌아오는

삶의 시발인 종착지는 그래서 바람 부는 언제나 쌩— 바람 부는 바람의 터미널

군자란君子蘭

집안의 한 분, 군자란 화분을 돌보면서 귀히 꽃 피고 열매 맺는 군자란을 보면서, 나는 때로 꽃에 이입된 사람의 군자를 생각한다. 문득문득 내게 보여 주는 군자란 모습은?

두루마리 상소도 필요 없소 일필휘지 필력도 다 소용없소
뉘라 이름 불러 주지 않아도 고요한 본성 이대로 좋소

이슬진 새벽 홀로 깨어나 야멸찬 세상 당당히 살아가는
청정한 본성 그대로 좋소

밤 별 벗해 어둠 밝히고 귓불 시려 순리를 깨닫는
서릿빛 지엄함 갸륵해서 좋소

과묵함이 때로 천기를 누설하듯 덤덤 가슴이 밝혀 든 붉은 꽃 한 송이, 그 애잔한 그리움이 더욱 애틋해서 좋소

자나 깨나 임 향한 일편단심 타는 가슴 오롯이
혼불을 사르며 달빛 아래 고고히 님 바라 선 모습
긴 그림자 묵묵 말 없는 침묵이 나는 좋소

\>

오가는 눈길들 아련 눈빛 모아 눈 맞춰도
결연한 사랑의 의지, 한 점 바람결에도 흔들림 없는
언제나 꼿꼿, 님 바란 한 분

우리 집 사랑을 지키는 오직 한 분
군자란 이름의 군자란 한 분
군자란 이름도 모르는 군자란 한 분!

전생인 듯 이생인 듯 때때로 흔들리는 마음자리, 그 질팡
갈팡 중심을 꽉, 다잡는 것은 무엇보다 내 안의 군자란, 오
랜 그분 때문은 아닐까요?

연어가 돌아올 때

얼마를 기다리면 너를 만날까 따끔따끔
물비늘로 떠도는 너를 만날 수 있을까
돌아오는 봄 강을 쉼 없이 노래하면
아득한 꿈결 같은 너를 만날까

한밤의 엉머구리 울음 깊은 밤,
너는 찰랑이는 물살로 돌아오는가
그리움의 짧은 육신 앞으로만 내달아
혼인 빛 바알간 몸빛 굽이쳐 닿고 닿는가

한 발 한 발 온 몸뚱이 지극을 다하여
강파른 물 언덕 물목 막아선 적들 가로질러
오랜 그리움의 물살 파랑파랑 달려오는가
와서는 이끼 낀 내 가슴을 출렁이게 하려는가
바늘귀보다 작은 내 영혼의 가슴에
불멸의 씨알 하나 찬란한 시원을 점지하려는가

오, 네가 죽어 내가 되는 아름다운 사랑이여
죽어야 기필코 나를 산란하는 뜨거운 숨결이여
오랜 천명의 맹세 하나 둥글둥글 해가마를 품고

죽어도 죽을 수 없는 순명의 사랑 하나
햇발 햇발 남대천의 거친 물살 거슬러 오는가
와서는 순결한 내 가슴에 네 사랑을 잉태하려는가

진정 죽어도 좋을 단 한 번의 사랑을 위하여
한 발 한 발 너의 귀소는 위대한 사랑의 완성
온전히 몸 하나로 이루는 생의 극치여
잠자듯 내 안 굳은 가슴을 둥둥 울려 깨우는
지상의 완벽한 사랑, 오랜 기다림 순애보여

푸른 덫

자꾸 뿌려 봐라–

내가 어디 죽나 안 죽나–

서로가 죽기 살기를 내기하듯

매년 뿌리고 뿌려 대도

쑥– 쑥–

고개 내미는 잡초들!

땅 일궈 먹는 논 밭둑 길섶 어디에나

무성하던 풀들 벌겋게 타 죽어 있다

콩 심고 팥 심어 벌레와 노놔 먹고 이웃과 나눠 먹던

내가 알던 푸른 논 밭둑 두레상 어디 가고

서로가 죽죽 독으로 울 치고 경계 삼아

보란 듯이 당당 네 땅, 내 땅을 가르는

저 피도 안 나는 새로운 농법,

매년 저만 살겠다고 바락바락 악쓰듯

심심풀이 땅콩처럼 손쉽게 뿌려 대는 제초제,

다음 해가 되면 어김없이

건달 같은 풀들 우북이 우리를 조롱하듯

더 사납게 더 시퍼렇게 자라는 줄 모르고
연년 소리 없는 살인 계속되고 있다.

초여름 죽은 풀들 사이로 파릇 자라는
옹기종기 입맛 돋는 나물 캐다가 아차,
독을 먹고 자란 것이지
냉큼 쏟아 버리기를 몇 번,
이젠 한 줌 나물도 맘 놓고 뜯어 먹을 수가 없다

스스로 제 목줄에 올가미 씌우듯
독으로 성을 쌓고 배수진 쳐
용감무쌍하게 적을 물리치듯
세상이 온통 독하게 변해 버렸다

밭 한가득 저 순수의 푸성귀들을
제 욕망의 담보로 방패막치고 있다
푸른 들판 곳곳 사람 덫 놓고 있다

보리의 집

이렇듯 가파른 산정에 날름,
참 층층이도 요리조리 도리도리 가람을 배치해
알뜰히도 살뜰히도 깨달음이 둥지를 튼 집

보리 보리 하면 남해의 넓은 보리밭 떠오르고
보리밭 한가득 일렁임 바다와 겹쳐지는 곳
휴일이면 뭉게뭉게 사람 떼로 발 디딜 틈 없는
시퍼런 바다 배경 홀로 우뚝한 그곳.

오랜 세월에도 드높은 자태 한 점 흐트러짐 없는
저 하늘 벗 고요한 숨결 묵언정진은 말한다
보라! 보리의 힘은 굽이굽이 저 물결이다
한바다같이 씻긴 깨끗한 마음이다

둘 데 없는 마음이 보리보리 푸른 보리밭 찾다
허실 비실 바람과 구름의 정처 되어 찾아들면
무거운 몸 훠이 훠이 바람과 구름에 다 날려 버리는 곳
하늘, 땅, 바다가 한통속 빼어난 경전인
가뭇한 길 잃은 새들의 둥지 남해 보리암,

\>

그 멀고 아득한 산정 마당가 서면
어느새 내가, 텅 빈 허공의 주인
우뚝! 새롭게 몸 받는 나를 보네

만삭

한자리에서 꿈쩍하지 않아도 저 숲,
쉼 없는 움직임으로 분주하다
무엇이나 주면 주는 대로 한입에 꿀꺽,
때맞춰 그 몸속 찾아든 나도
저 왕성한 식욕 앞 한 점 먹잇감!
잉잉 덤벼드는 독한 촉수 냉큼,
반점 가려움으로 울긋불긋
한통속 가쁜 소화시키고야 말
울울창창 뱃구레 본다

종일 터질 것만 같은 뱃구레 꽉,
숨 몰아쉬는 시퍼런 소화액인가
한차례의 마파람 휘익, 소낙비 지나가자
우후죽순 개운한 입가심 대신 역한 살 비린내 확,
겹겹 살들의 출렁임 신바람 난
쏴쏴, 길고 긴 구절양장 소화관,

하루하루, 저 살진 배 볼 때마다 겁난다
걷잡을 수 없이 불러 오는 저 배, 정말 겁난다
오로지 먹성이 제 삶의 전부인

여물여물 몸 하나가 입인
거대한 뱃구레!

아무도 건드리지 마라
만산이 만삭인 지금,
그는 위험한 짐승이다

웃음의 배후

어두운 자리마다 어둠 걷히듯
배시시 배시시 새아씨처럼 수줍은 웃음 흘려 놓더니
어느새 세상 곳곳
활짝!
만장의 웃음 풀어놓았다

쟁 쟁 쟁 저 입술들의 울림 향기 속으로
겨우내 웅크려 떨던 몸 무겁게 걸어가면
그늘진 마음자리 간질간질 따뜻한 볕살 들듯
가슴 봉긋봉긋 목젖 발갛게 몸 부풀어 열리는
저 내가 웃는 개나리 산수유 목련 벚나무…
파안대소여!

봄이면 어김없이 검은 세상 진두지휘해
색색 입술들 함박, 함박 천지에 번져 나는
환히 닫힌 가슴 열어 놓는 웃음소리 쟁 쟁 쟁
몸소,
세상 한번 올바르게 일으켜 세우시는
저 어여쁜 꽃 선생들!

\>
알고 보면 나무는
나의 오랜 스승,
언제나 싱글벙글 웃음부터 가르친다
매사 활짝, 활짝 꽃같이 웃어라 한다

나의 완벽주의

나의 완벽이란
손, 발, 그 튼튼한 몸의 의지의 완벽이다
귀, 코, 눈, 입, 만으로도 충분한 완벽이다
거기다 축복 같은 감격하고 전율하는 마음도 있어
이렇게 있을 게 다 있고 없는 게 없는 나는
아무리 생각해 봐도 너무 완벽하다
어디 하나 모자란 게 없어 도리어 깨질까 겁나는
내 몸은 마치 투명한 유리구슬만 같다
어디를 함부로 만질 수도
헛되이 굴릴 수도 없어
앉거나 서거나 가시방석이다
언제 어디서나 조심 또 조심
스스로를 다잡아 지켜 가는
이 완벽에의 추구,
그렇다면 내 가는 길이 곧 사람의 길인
아득히 높고 위대한 삶의 길에 다름 아닌
범부는 함부로 엄두도 못 낼
험한 가시밭길 아니더냐,
저 오랜 선현들이 걸어간 빛나는 발자취
한 발 한 발 캄캄 시린 눈밭 길 걸어가 시대의 새벽을 연

이 완벽이란 삶의 가시밭 진구렁,
그 어둡고 습한 미지의 바람길 한 발 한 발
두 주먹 불끈, 쥔 네가 가고
내가 기듯 주저앉듯 엉금엉금 간다.

뻐꾸기 울음소리
—동아에게

산속 어디선가 뻐꾸기 운다
언제 들어도 서러운 저 울음소리,
나른한 잠에 빠진 단조로운 숲을
출렁, 소리의 몸으로 깨우며 우는
뻐꾹뻐꾹!

저 울음소리 들을 때면
언제나 내 마음속의 뻐꾸기들 뻐꾹뻐꾹!
잊었던 무엇에의 그리움 되살아나
나도 모르게 풍덩, 저 소리에 빠져 우는
아득한 봄날을 환기하는 소리

고요히 푸름이 깊은 봄날의 산자락
그 푸름의 귀를 고요히 슬피 울어
제 슬픔 내 슬픔으로 울어 예는
온통 내 서러움에 듣는
내가 우는 저 뻐꾸기 울음소리!

울컥울컥 소리 토해 울지 못해도
몸이 봄을 타 아득히 멀리로 불러 가는

뒷산에서 들려오던 하모니카 하모니카 소리~
나를 불러 가는 아름다운 봄날을
꽃같이 푸르던 우리의 싱그러운 날들을
뻐꾹뻐꾹!
애타 그리는 목멘 부름이여

뚝!

까마득한 허공에서 이승의 이곳까지
한 파장에 든
뚝!

무심히 먹고 입고 싸고 뱉던
일상의 둔중한 머리맡을
확!
불 밝히는
일순

점점이 드높이 날아가던 새가
하필 내 머리 위에
똥을
찍!
갈기는 일순

저 고요히 하늘을 빗금 치며 사라지는 별 하나
그 빛의 선율 따라간 사람들 이윽고 알리라

영원의 저곳에서 내가 선 이곳까지

누군가의 맑은 기도의 손길

한 방울

촛농

뚝!

봄밤

슬금슬금 거리에 어둠의 그림자 내려오면 하얀 속살
부신 여자 하나 어느새 길목 나와 서성인다

기약 없는 사랑의 향기로움 하르르 쏟아 버릴 듯 부푼
몸을 간신히 어둠에 등 기대어 싸안고 있다

휘영청 달 밝은 밤일수록 더욱 낭창낭창 휘늘어진 달
그림자 몸짓에 길목의 발길들 언뜻, 눈먼 사랑인가 가슴
덜컥, 발길 멈춰 서는 황홀한 몸 색의 여자 하나

온밤 어른어른 나를 따라온 향긋한 기다림 못내 눈앞에
밟혀 싱숭생숭 담장을 넘나드는 은밀한 살 내음에 밤새
정분난 가슴들 잠 못 이뤄 뒤척이는

창밖, 난분분 난분분 꽃물 흘리는
밤 벚꽃!

제2부

고요를 듣다

늦은 밤,
마른 목 문득 한잔 차가 생각나
호젓이 찻물 우리고 있는데
딱 따닥!
무슨 깨알 같은 소리 들려
놀란 눈 어리둥절?
방 안의 소리 찾다
찻잔 가까이 바짝 귀 대 본 순간,
또다시 깨알이 따다닥!
하, 뜨거운 물에 마른 찻잎 풀리면서
찻잔이 동그랗게 입 벌려 굴려 내는
지금껏 차를 끓이면서 한 번도 듣지 못했던 소리가
낮의 소요에 숨어 있던 밤의 고요가
느슨한 졸음의 귓전 들릴 듯 말 듯 속살거림에
나도 모르게 깜짝, 흐트러진 옷자락 여며 앉는
이 돌연한 천둥소리여!

쥐 죽은 듯 세상이 캄캄 잠든 밤,
홀로 잠 못 들어 빛 아래 깨어 있는 나를
누군가 은밀한 눈빛 지켜보듯
등줄기 섬뜩, 소름 돋는
고요의 숨소리

시간의 관

덜컹,
엘리베이터 문 닫히자마자 난 어느새
벗어날 시계 침 센다
째깍째깍째깍……

그러나 아무리 바삐 시계 침 세어도
한번 닫혀 버린 시간의 문 열리지 않고
나는 꼼짝없이 시간 속에 갇혀 버린
이 까마득한 우물 속 같은
시간 열차

하루에도 몇 번 지상과 지하
그 수직의 가파른 시간을 오르내리며
멀리 가까이 시계 침만 세는
이 지루하고 지루한 도심 열차

째깍째깍째깍……
탔는가 싶은데 내리고만 싶은
숨결, 숨결마다 촌각을 다투는 길고 긴
내게 단 하나 네게로 열린 길인

이 주검의 관 속 같은
숨 막힌 열차!

애오라지 한 끼의 밥을 위해
죽음의 제의를 통과하듯 목줄 쥔
단단 허공에 매설된 아슬한 미로여

기억의 집

내가 나를 깜박깜박 잊는 날들 있다
잊고 잊어도 뭐가 그리 잊을 게 많은지
머리칼 빠지듯 드문드문 바람처럼 빠져나가는 기억들

방금도 어, 여기가 어디지?
잘 가던 길도 눈앞 캄캄, 암전되듯
하얗게 방향 잃고 헤매는 나를 본다
내가 내게서 점점 멀어지는 이 기억의 집,

머리에서 발끝까지 그 단신의 짧은 길을
일생을 동동거리며 되짚어 걷고 걸어도
한번 빠져나간 기억은 무엇으로도 되돌릴 수 없고
돌아온 기억은 이미 내 것이 아니다
기억 속의 나는 기억을 증거할 수 없다

네가 아무리 기억의 머리칼 소중히 받들어도
기억은 시간과 어깨동무 언제란 듯 사라지고
시간 밖의 나는 시간의 그림자로 떠돌 뿐이다

똑딱똑딱 이 글을 쓰는 이 시간의 나 또한

모든 순간의 똑딱임에 지나지 않는다
결국 모든 기억은 백지 한 장으로 남겨진다
나의 아버지가 그랬고, 숱 많은 할머니도 그랬다

기억이란 눈앞이 가물가물한 무형의 실체
안녕이란 이별의 손수건에 다름 아니다
빈 나뭇가지의 몽유 그 허허로운 공백의
모든 기억은 백지의 백지로 자손을 잇는다

소리에 대하여

우리는 늘 작은 소리에만 반응한다
우울한 바람 소리 헐떡이는 숨소리,

그러나 정작 들어야 할 소리는 너무 커서
아무도 그 소리 귀 기울이지 않는다

귓전의 딱지 수많은 잔소리 속에서도 또록
햇살같이 반짝, 내가 순응하는 소리

잠자듯 내 안 저 깊은 곳에서 울려오는
조용히 나를 일러 깨우는 귓전의 소리

이 무한 공간에 그 소리 무진 넘쳐 나지만
아무나 쉬 그 소리 듣지도 받아들이지도 않는
나 홀로 듣는 내 마음의 침묵의 소리

매일을 촛불 켜 든 어미의 간절한 기도문 같은
언제나 흔들리는 나를 꽉 다잡아 앉히는 소리
삶이 힘겨울수록 더욱 환히 나를 밝혀 주는

>

쩡, 하늘에 접신한 듯 천둥같이 들려오는
번쩍! 나를 울려 깨우는 고요한 숨소리
절대 내 안의 혜안, 먹먹한 하늘의 소리를!

길의 문장

휙— 비호같이 그들의 손길 스쳐 지나면
길의 정확한 포인트 가장자리 던져지는
저 우수수 낙엽 같은 문장들

마치 목숨 건 끈질긴 구애와도 같이
시도 때도 없이 무심한 눈앞 불쑥불쑥
깜짝, 일면식도 없는 빛의 속도 지나면
사방팔방 울긋불긋 일상의 발길 나뒹구는
반듯반듯 얼굴 없는 문장들

길은 언제부터 저 오토바이 광고 맨
바람잡이 고수들을 기용했는가
눈만 뜨면 세상 곳곳 그들의 흔적
어김없이 번쩍, 흔적 없이 다녀간
바지런 길을 쓸듯 흩어 놓은 문장들

일순, 저 문장의 단칼이 각진 세상을 평정하듯
꽉, 막힌 삶의 물줄기 숨통을 틔우듯
길의 난간 아슬아슬 물밑 작전 펼치는
속전속결 떡밥의 낚싯대 길을 은유하는

저 파르르 떠는 길의 수면에 아까부터
고물고물 강아지 코끝같이 낮게 날던 바람이
어느새 획, 뼈도 살도 없는 제 공복을
길의 문장 파락파락 물길 찾아 읽는다

꽃으로 말하다

뻘뻘 흐르는 땀도 달아날 듯 홀연,
골굴사 오르는 산길에서 만난
저 진분홍 꽃송이 꽃송이들!

무리 지어 이글이글 타는 몸 색
흠칫,
내 발길 붙잡는다

물어물어 찾아드는 산문의 초입
이생과 내생의 가파른 갈랫길에
누군가의 자취런가
저 혼불,

산 다 내려와 집에 앉았는데도
천 리 밖 내 홍안에 눈 시리게 피어 있는
빠알간 상사화여!

저리도 생을 건너, 건너 목매는 사랑이라면
죽어도 죽을 수 없는 가슴 앓는 삶이라면
난 차라리 사랑을 하지 않으련다

내 가슴에 도리어 비수를 꼽는 꽃이여,

누가 사랑을 아름답다 했는가
끝내 이루지 못할 사랑이라면
나는 모른다 헌신짝처럼 버릴 사랑이라면
아예, 허투루의 사랑 하지도 말거라

못다 이룬 사랑이 저토록 한이 깊어
새끼에 새끼를 쳐 파르르 대를 잇는
스스로의 가슴에 비수를 물고 선 꽃이여
저 피범벅인 사랑의 실체여!

말하라―
넌, 지금껏 누구의 사랑이었더냐?

거울

도대체 당신은 누구십니까
누구신데 나를 놓아주지 않는 겁니까
막무가내 내 속으로 들어와 나를 쑥밭으로 만듭니까
내가 당신이 아니고 당신 또한 나일 수 없는데
왜 나를 떠나지 않는 거냐고요

나는 한 번도 당신을 허락한 적 없고
당신 또한 나를 받아들인 적 없을 터인데
어찌 몸 구석구석 빈틈없이 파고들어
나를 감당할 수 없게 하는 거냐고요

허물 벗듯 벗어던질 수도 싹, 지워 버릴 수도 없는
잔잔한 호수의 심연 몸뚱이 무겁게 들어앉아
온통 내 삶을 지배해 사육하는
도대체 당신은 누구십니까?
정말, 누구시기에
맑은 물속같이 조용히 살고 싶은 나를
여백의 하늘같이 고요한 나를
때도 없이 허깨비 광대처럼 죽음의 그림자처럼 들고 나며
나를 잠시도 놓아주지 않는 거냐고요

>
오늘 웬 여자 하나 비로소
집요하게 끼고 살던 거울의 몸
도취경 그림자 허울을 벗고
홀가분 자신으로 돌아갔다

그림자의 그림자

캄캄한 죽음의 관 속 같은 어둠에 갇혀
아무것도 할 수 없는 이 백치 슬픔
아무리 몸부림쳐도 나는 벗어날 수 없고
거대한 어둠의 손아귀 힘에 무방비로 짓눌려
빤히 눈뜨고도 내가 보이지 않는
이 숨 막히는 무지렁이 공포여,

삶이란 언제 어디서나 단 두 개의 논리,
이쪽 아니면 저쪽인 흑과 백,
한순간 천 길 무저갱 나락으로 싹-
까맣게 지워 버린 한 목숨 살려 내듯
깜깜 암전된 죽음의 눈앞 반짝!
어느새 정전으로 나갔던 불 들어오고
난 무지한 어둠의 세계에서 깜짝,
화사한 신세계 빛에의 새로운 눈뜸
다시금 흑에서 백으로 복원된다
두근두근 그림자 거느린 사람이 된다

삶의 중심에는 한결같이 그림자가 있다
흔들리지만 흔들리지 않는 단 하나의 중심,

어른어른 그림자를 거느린 한
난 언제나 살아 있다
그림자의 그림자로 또박또박……
매일을 숨 쉬며 살고 있다

길을 보다
─얼음골에서

치렁치렁 푸른 숲 우거진 산 깊은 계곡에서
나는 깜짝, 살 떨리는 칼부림을 받는다

바닥 훤히 예사로이 흘러가는 얕은 물에
후끈 흐르는 땀 식히려 시원히 발 담그면
맑은 물속 수 초도 버텨 견딜 수 없는
이 살을 베는 아픔 뼈가 저린 한기여

절절 땅 끓고 몸 끓는 오뉴월 염천에
맨몸의 바다가 오라 오라 나를 불러 가는 이때에
잠시 조용한 은둔의 그늘 세상 열기 피해 온 내게
저 이글이글 불바다를 이겨 낼 강인한 정신의 의지
뜬금없이 정수리 번쩍,
냅다 푸른 칼침 놓는 물길이여!

얼마나 오랜 사고무친 벼리고 다진 몸 있어
시대를 관통해 지켜야 할 삶의 명제 있어
내 나약한 등을 채근하듯 쩡, 뼛속 깊은 한마디
서릿발 퍼렇게 세상을 호령하는

>

아직도 꼿꼿 목 고개 살아 있는 외로운 길 하나

홀로 의로이 어떤 힘에도 꺾이지 않는

단호한 심지 천 년을 날 세운 기개 본다

그동안의 생

생각 속 막연한 의문이었던
삶의 동안이란 걸
불현듯 알아 버린 그 겨울,
그날따라 부실한 몸 애써 챙겨 먹던 탕약이
너무 뜨겁게 데워져 먹지를 못하고
봉지가 알맞게 식기를 기다리며 이손 저손
뜨거움 번갈아 받아 쥐는 동안
좀 미지근해도 먹을 만은 하지 그러면서
잠시 한눈을 팔았던가 순간,
손안에 만져지는 싸늘한 주검 같은 냉기에
깜짝, 나는 소스라쳐 놀라고
비로소 내가 살고 있는 죽음 본다

삶이 이렇게 나를 깜찍하게 속이는데도
나는 지금껏 가까이 오는 너를 알지 못하고
고양이 발자국처럼 다가오는 소리 듣지 못하고
눈앞의 생에 급급해 눈멀어 사는 동안
삶의 자리에 언제란 듯 죽음은 찾아와
탕약 식어 가듯 그렇게 뚝, 끝나는 삶
홀연 내 몸이 가고 있는 주검 본다.

온전히 손에 쥐어져 있는데도 알지 못하는
탕약 식어 가는 그동안의 생,
탕약 한 봉지 데워 먹는 데도 일생이 간다

절대적 식물주의

눈만 뜨면 세상 곳곳에서 와와— 거침없이 몰아치는 함성에 불붙듯 펑펑 쏘아 올리는 포연에 난 그만, 냉가슴 총 맞은 듯 총 맞은 듯 나른히 몸 풀려 몸져눕는다

하루하루 재바른 총탄 소리 다다다다 세상을 들썩, 무너뜨리듯 거대 새로운 세상 창궐하듯 매일을 타당 탕, 나를 밀어붙여 바짝, 두 손 들게 하는 저 눈앞 자욱한 포연의 꽃물결,

오는 듯 가는 듯 바람같이 나비같이 한순간 세상을 장악한 백만 대군같이, 한 톨 피 흘리지 않고도 세상을 얻는 세상을 제 발길 아래 곱다시 무릎 꿇리는, 세상 어느 군대보다 힘센 수수만 총신의 스크럼 짠 결사대여!

봄이면 난, 저 쉼 없이 몰려드는 함성에 피웅피웅 쏘아올리는 향기의 포연 부드러움에, 언제나 가슴 울렁울렁 나비가 사뿐 꽃에 들듯 신부가 두근두근 신방에 들듯, 두 손두 발 꼼짝없이 사로잡힌, 언제나 눈부셔 눈먼 아뜩한 봄을사는 행복한 포로다

나는 해독된다

나는 해독된다. 넘을 수 없는 장벽을 넘듯 너는 나를 끊임없이 해독한다. 내 속 흐르는 핏물과 핏줄 깊이 솟구치는 뜨거운 열기와 언제 어디서나 변함없이 비쳐 드는 햇살처럼 세상의 온갖 아픔 내 아픔인 듯 온전히 너를 안을 수 있는 나를 두고, 내 안의 여리디여린 떨림 감동의 물줄기 해독하지 못하고, 피도 눈물도 없는 싸늘한 비문碑文 속의 세계처럼, 오로지 암호의 기호로만 해독하는 너,

그러나 네가 아무리 나를 해독하려 해 봐도 나는 해독되지 않는다. 겹겹 얼룩으로 굳어진 네 눈동자 그 행간의 장벽 허물 때까지, 지금껏 네가 내쳤던 칸칸 눈 아래 세상, 그 우열의 장막 스스로를 가둬 버린 몸의 감옥, 싸늘한 냉소의 허울 훌훌, 벗어던질 때까지 나는 결코 해독되지 않는다. 나의 따뜻한 피와 다름없는 너의 뜨거운 비 눈물이 온전한 하나의 가슴 후끈, 서로를 넘나드는 그때서야, 비로소 나는 해독제가 되어 네 속으로 스며든다

이름 꽃

화단에 핀 가지가지 어여쁜 꽃들
색색깔 활짝, 너를 볼 때마다
넌 그루, 그루 내 가슴 뛰게 하는
두근두근 외경스러운 꽃일 뿐.

그런 송이송이 화사한 색의 조화를
분분한 아름다움 제 다른 향기를
누가 영산홍!
이름 부를 때,
진정 너를 불러 준 것이더냐
올곧은 살이 맑고 피가 고운
향기로운 너였더냐……?

생각해 보면 애초 너의 출생은
침묵,
침묵 속 꽃 피고 열매 맺는
송이송이 활짝, 스스로를 밝혀 든
눈부신 빛의 집적 한 그루 자연일 뿐

장미 수선화 백일홍 수수꽃다리……

세상의 수많은 이름으로 불리는 꽃들

그러나 세상 단 하나
나인 너를,
누가 영산홍!
이름 지어 부를 때,

너는 이미 네가 아니다.
나도 내가 아니다.

도시인

출퇴근하는 거리, 당신의 거리에서 불만을 토로하고 있나요 소음으로 귀가 먹먹하고 매연으로 눈이 아린 이 숨 막히는 곳에서 탈출을 꿈꾸나요 하루에도 몇 번 어디론가 훌쩍, 떠나고 싶다고 투덜거리나요

공해 없고 소음 없는 어디든 숨어들어 흔적 없이 살고 싶어, 밤이면 별 총총 은하의 이불 덮고 반딧불이 초록 초록 초록 공기 마시며 검은 폐 씻고 싶어, 아침이면 이슬빛 투명에 눈 씻고 함초롬 풀꽃 향기 님 삼아 세상 멀리 아득히 세상모르고 살고 싶어

드디어 도심을 빠져나온 당신, 마냥 고삐 풀린 영혼의 방목 산과 들 푸르른 신세계 만끽하는 동안 오랜 해방의 기쁨 너울너울 넋 놓는 동안, 시름없이 나와 놀던 한낮의 길벗 긴 해 그림자 뚝, 낯선 천지간 어디에도 몸 누일 데 없는, 캄캄 어둠에 쫓기는 초라한 내 모습 본다

나는 역시 도시형이야 찌든 매연의 도심 이렇게 그리운 줄은 몰랐어, 와자한 소음 들끓는 발소리가 두근두근 멍 든 가슴 울리는 줄은 더욱 몰랐어, 저 불야성에 익숙한 가

로등같이 얼굴 환한 나를 본다. 당신과 내가 걷는 이 따뜻
한 거리

바보 달력

점점이 까만 머리글들 하나하나 나란히 따라가다 보면
어느새 훌쩍 달 이운, 캄캄한 눈앞 본다

둥실 떠오른 만월 그 형형한 여백 한가로이 거니는 동안
은 하루하루 날 가는 줄 모르다가 또 한 장 달력 넘기는 손
돌덩이를 든 듯 무겁다

화사한 그림 달력 눈멀어 사는 동안 달력의 숫자들 어김
없이 휙휙, 눈앞 화면처럼 순식간 지나가고, 나는 달빛 아
래 저만큼 관객인 양 바람에 달 가듯 유유자적 노닐다가 뒤
늦게 깜박, 놓친 달 되짚어 떠오르는 달 따라가기 숨 가쁜
발 빠른 시간 본다

나날이 시간의 발자국 또박또박, 한 달. 두 달. 어느새
한 해가 후딱! 가고 없는 눈앞이 캄캄한 날들이여

그러나 아무리 눈앞 시간이 살같이 번개같이 흘러가도
언제나 널널한 시간의 달무리 괜찮다, 괜찮다 제 그림에
만 눈 팔게 하더니, 없는 향기에 울긋불긋 취해 살게 하더
니, 막장에 가서야 막막한 제 속내, 한 장 텅 빈 종잇장인

저 달그림자

　언제나 귀먹고 눈먼 허수아비같이 우두커니 영혼 없는 말
뚝같이 만날 그날이 그날인, 저 홀로 멀뚱 벽만 지키는 우
리 집 바보 달력

백일몽

고요히 산길 오르다 우르릉 꽝! 난데없이 날아든 소리에 깜짝, 발 멈춘다 산자락 쩌렁쩌렁 발 빠른 음향에 빙글빙글 돌아가는 숲 본다 소리는 연이어 쿵 꽝 우르릉! 숲 흔든다 숲을 제 안마당같이 논다. 저 때와 장소 없이 찾아든 소리의 폭주 기습의 발길에, 숲은 바르르 가슴에서 새를 놓치고 제 안의 정적 울컥울컥 소스라쳐 토해 낸다

그러거나 말거나 소리는 고래고래 새파랗게 사색이 된 나무들 쉴 새 없이 연타한다 정적만이 일상의 양식인 나무들 몸 밝혀 세상 밝혀야 할 푸른 숲, 저 난데없이 날아든 무법자의 발길 막무가내 휘두르는 도끼날에 일순, 산 하나가 와르르…… 속절없이 무너져 내리는 이 마른하늘의 날벼락!

나무도 꽃과 열매를 위해서는 저 홀로의 시간 고요한 묵상이 간절한 때, 그 나무의 속 깊은 사랑 아랑곳 않고 휴일이면 땅까 띵띵까! 산은 곡소리의 명당, 독하디독한 사람몸 살한다 깜짝, 백일몽을 꾸나 살을 꼬집는 화끈화끈 낮 뜨거운 봄!

제3부

용궁사의 봄

피지 못한 마음 찾아 용궁사 간다 우러러 높이 선 해수관
음상 손짓에 우르르 봄날의 꽃처럼 만개한 사람들, 대웅전
문은 가만있고 수없이 사람들만 여닫힌다 거북 등처럼 대웅
전 바닥에 납작 엎드려 오체투지 일어날 줄 모르는 사람들

대웅전은 거침없는 뱃길 되어 넘실거린다 마당은 만선을
향해 가는 드넓은 뱃길 사람의 파도가 벼랑 끝에 넘실댄다
저 타는 볕처럼 들끓는 사람의 열기, 그 후끈한 열기 발등
밟혀 헤집다 보면 여기가 어디 천국의 문인가 와자한 저잣
거리인가, 부채질하듯 버스는 연이어 사람을 부리고 마당
이 터져라 꾸역꾸역 발길 밀려들고……

마침내 항로 잃은 뱃길은 연방 좌초할 듯 기우뚱기우뚱,
봄날의 꽃동산 용궁을 향해 가는 선박은 때 아니게 몰아치
는 사람의 해일 일파만파 일파만~~ 오늘만큼은 용맹 정진
부처님도 그만, 저 사람의 물결에 꼼짝없이 떠밀려 손에 쥔
염주알 멀리 던져 두고 어디론가 훌쩍 놀이 길 떠나야 할,
소식 없이도 한 소식 번쩍 주장자 높이 든 태풍의 눈, 너나
없이 떠도는 마음들 활짝, 두둥실 꽃 피는 봄

홀로 아라리

한 칸 방으로 앉아 있는 날
가만히 방 밖의 소리 듣고 있으면
세상은 무엇도 아랑곳 않고 씽씽 굴러간다
겹겹 삶의 수레바퀴 덜커덩덜커덩―
한 사람 흔적도 없이 밟고 간다

밖은 이미 하늘과 땅이 열린 만물의 봄날,
꽃들 까르륵까르륵 환호작약 손짓하는데
세상은 깜깜 기척 없이 닫혀 있다
방 안의 내가 그리운 온기 적막의 손짓 발짓
아무리 너를 향해 수신호를 보내고 보내도
세상의 바큇살 삐걱, 누구 하나 멈추지 않는
꽉 이빨 문 철통 같은 세상
감감 귀머거리로 돌아서 있다

하루에도 몇 번이고 방문에 귀를 걸면
너무도 큰 바큇살 잘도 굴러가는 소리
나 여기 있어, 조용한 내 외침은
시든 꽃잎같이 제풀에 지쳐 잦아들고
한낮에도 오소소 추위를 타는 봄날의 머리맡을

쿵쿵 발길질하며 건너가는
문안과 문밖, 지척의 거리가
무덤 속처럼 멀다

적벽을 울다

저 멀리 아득히 깜깜 어둠의 길 걷고 걸어
빛살 들이치듯 소리는 점점 가까이 들려오고
걸음걸음 한 걸음 발길 가까워질수록
밤은 더욱 잠잠 소리에 저항해 돌아눕는
어둠의 저 소리 없는 몸짓들,

방 안의 내가 가만히 귀 대고 듣고 있으면
소리의 빛살 점점 어느새 귓전 가까이
드높은 창 환히 애타는 밤의 세레나데
출출한 배 속 허기의 가슴 달콤히 넘나들어도
문 덜컹, 누구 하나 소리 불러 세우지 않는
목청껏 애써 제 삶의 밤길 캄캄 파고드는
저 찹쌀떡 장수!

내다보면 밖은,
거침없이 쭉쭉 지축을 세워 드높이 일으킨
도심의 거대한 정글인 까마득한 빌딩 숲,
그 찰진 어둠 층층 깊고 아득한 골목길을
바알간 팥소같이 목을 다한 소리가 적벽을 울려
내 마음 문살 파르르 두드리며 빠져나가는

저 손 닿을 듯, 손 닿을 듯 아슬히 먼
캄캄 등 굽은 밤길의 미로여

이슬의 힘

골골 힘 부쳐 사는 나,
잦은 잔병치레 덜컥덜컥 몸져눕는 나를
딸아이는 풀 같다 하네
하루하루 바람에 맥없이 몸 꺾고 꺾는
한 포기 여리디여린 풀이라 하네
한 줌 바람결에도 훅 날아갈 어린 풀이
엄마를 걱정해 무거운 몸 꼭 곁에 붙어 앉아
왕방울 눈 그렁그렁 엄마 걱정 태산인
이제 갓 일곱 살 어여쁜 딸의 눈에서
반짝,
맺혔다 떨어지는
뚝, 이슬빛 찬란한 눈물방울들!

오랜 속절 몸 갇혀 살던 춥고 어둡던 하늘
컴컴 나 홀로 살아가던 먹구름 세상 한순간
활짝, 눈앞이 열리며
순금 빛 햇살 콸콸콸---
좍, 부시게, 부시게 쏟아진다

금방이라도 날아갈 듯 어깨 힘 뿜뿜

가볍게 툭툭, 몸 털고 일어날

쌩쌩 바람 찬 들판에 손에 손 잡은

든든 물오르는 풀꽃 한 쌍

맛!

탱글탱글 잘 영근 포도를 앞에 놓고
똑, 똑, 포도 먹는다
새콤달콤 맛난 포도 똑, 똑,
먹다가

어, 포도가 없네
포도가 다 어디 갔지?
순식간 눈앞에서 사라진 포도 한 송이!

사방 두리번거려도
포도는 없고
빈 접시 달랑 꼭지 본다

도대체 누가 포도를 다 먹어 버렸나
혼자 있는 집
어리둥절
주위를 환기하는데

아, 내가 한눈파는 사이에
감쪽같이

나를 먹어 버린 포도,

알알이 맛난 포도 한 송이
새콤달콤 나는 없고
우두커니 눈먼 입 하나 홀려 있다

냄새의 그림자

마당에서 마루로 방으로 건너온 냄새 하나,
가만히 있는 나를 풀썩인다
없는 날개로 바람같이 구름같이
오는 듯 가는 듯 내게 와서는
내 몸 제 냄새 피운다
무슨 간곡한 할 말 있는지
몸 구석구석 파고든다

나는 네 얼굴 보려는 듯
내 얼굴 열었다 닫았다
네 몸 더듬듯 내 몸 흥흥거리다
불쑥 냄새의 꼬리 잡아 손 내밀면
사방 어디에도 흔적 없는
누군가 꼭 내 곁을 서성이다 간 흔적,
냄새 들고난 자리에도
움푹,
그림자 웅덩이 하나 파인다

하물며 내 사랑의 그림자 그대 들고난 웅덩이
애써 그 사랑의 자취 지우려 하면 할수록 더욱더

천 길 가슴 돌 떨어지는 소리
첨벙!

너에게도 메우면 메울수록 깊어지는 웅덩이 있다

파동

화단가 돌담에 앉아 있는 내 곁에

사뿐!

잠자리 한 마리 내려앉는다

어디서 날아온 비행선?

나는 고대 보던 책이나 보고

잠자리 골똘히 꿈쩍도 않고

우리는 나란히 함께 있다

한참을 그렇게 생각 없이 있다

문득, 저 잠자리 기운 빠졌나?

내 생각의 머리 흔들자

\>

훌쩍!

날아가 버리는 잠자리,

아, 가을도 깊은 가을날

한 점 낙엽에도 뚝뚝– 눈물지듯

고요한 생각의 파동에도 뚝– 낙엽 진다

그 집 앞

 그 집 앞 지날 때면 날이면 날마다 재봉틀 소리 들린다 누
군가 틀과 마주 앉아 틀질을 하고 있다. 벽에는 형형색색의
실 꾸러미들 제 생의 빛 등잔처럼 매달고 한 땀 한 땀 흐트
러짐 없는 길을 간다. 언제나 헌 옷가지들 수북이 앞에 놓고
반짝반짝 닦아 가는 저 바늘 길, 삶이 엎어지고 넘어진 길들
에 반질반질 새 길 내듯 옷가지들 하나하나 안팎 뒤집으며
박고 또 박고, 실이 끊어지면 잇고 또 잇고, 애써 제 생의
논둑 밭둑 쌓듯 저 노루발 앞세운 바느질 소리

 차르르 차르르~ 궂은 날도 밝은 날도 바지런 쟁기질해
논밭 갈듯 낱낱 알곡 뿌려 푸른 세상 만들듯, 미어지고 헤진
고단한 삶 덧난 상처의 발길들 다독다독, 덧대고 늘이고 누
비며 굴곡진 주름살 반듯반듯 생을 마름질해 온 촘촘한 어
깨 결린 바느질, 온종일 자투리 한 칸 방 한 땀 한 땀 빈틈없
이 걸어가 제 삶의 세간, 드넓은 세상길 또박또박 펼쳐 가는
꼼꼼한 박음질 소리, 언제나 차르르르 차르르르~ 이른 새
소리로 지지배배 지지배배 길목의 귀들 즐겁게 깨워 놓는,
저 재봉새 노래 소리 끊이지 않는 바느질집

혼밥

　비 뿌리고 바람 소리 스산한 날, 혼자 밥 먹기 적적해 티브이 켜 놓고 밥 먹는다 토크쇼에 눈 팔며 와자하니 밥 먹는다. 여럿이 떠들썩 밥 먹다 보면 어느새 뚝딱, 밥 한 그릇 비운다. 온갖 얘깃거리 맛난 반찬 삼아 너도 한 입 나도 한 입 다 함께 시끌시끌 먹는 밥은, 점심 한 끼 꿀맛이다 반찬도 싹싹, 간식으로 둔 고구마도 하나 낼름, 서로 마주 앉아 주거니 받거니 풍성한 말 잔치 한 상 웃고 떠들며 먹는 밥은, 밥 먹는 줄 모르게 밥 먹어. 밥이 밥을 먹어, 급기야 밥 한 그릇 뚝딱! 나를 먹어 버린, 나도 모르게 한 끼 밥 다 먹어 치우고도 왠지 허한 배 속 또 무언가를 찾아 기웃 입을 주접대는, 아무리 먹고 먹어도 배부른 줄 모르는 혼자 먹는 밥, 종일 비 뿌리고 바람 스산한 날 빈집 혼자 덩그러니 깔깔깔~ 유령처럼 웃고 떠드는, 이 적막이란 이름의 뚱뚱한 덩치 큰 밥도둑

풍문

한 지붕 아래 나란한 이웃 한 사람 그녀가
두어 달 전 고인이 되었다 한다.
문득 온다 간다 말 한마디 없이
어느 날 훌쩍, 우리 곁을 떠나간
저 파리 목숨 같은 사람의 흔적,

눈 감아도 눈앞이 훤한 익숙한 길을 두고
가슴을 끊어 내는 살붙이 내 사랑 너를 두고
갈 때는 저렇듯 그물에도 걸리지 않는 바람처럼
쌩- 풍문의 리무진을 타고 어디론가 가고 없는
텅 빈 목숨들의 빈자리,

가도 가도 누구도 모르는 그 은밀한 길을
밤낮 쥐도 새도 모르는 그 캄캄한 오리무중을
벽과 벽 사이 서로가 가까이 등 기대어 살면서도
한 사람이 간 줄도 온 줄도 모르는 그 눈먼 길을
순간을 도모해 눈 깜작 새가 되어 사라져 버린

따뜻한 봄날, 난데없는 북풍
쏴- 귓등으로 흘러든 검은 그림자가

새삼 내 몸의 회오리 솔깃, 되새겨지는
저 홀연한 목숨들의 풍문,

나 또한 어느 날 훌쩍,
당신의 귓등에서 흔적 없이 사라질
한 점 풍문인
생!

씁쓸한 묘약

네가 오면 난 파들파들 물먹은 조가비인 듯 살아난다
등 푸른 몸 간고등어같이 꼿꼿 일어난다
숨 막혀 피가 돌지 않는 캄캄한 몸을
콸콸콸 맑은 샘물 소리로 깨우는 너

어디서 와서 어디로 가는지도 모르는 너는
내 미궁의 삶에서 무시로 돋아나
나를 빛 구슬 동글동글 다잡아 세운다

너를 만나면 만날수록 나는 천사가 된다
먹구름 가득한 마음 어느새 청량해진다
쌓은 담벼락도 웅크린 옹벽도 열어젖히는
세상에서 가장 힘센 너

내가 힘겨울수록 지쳐 남몰래 쓰러질수록
넌 부르지 않아도 찾아오고 찾아와
아픈 몸 반짝반짝 새로운 세상으로 인도하는
넌 도무지 썩지도 줄지도 않는 소금 바다런가

시시 때때 누구나의 가슴에 맑은 물줄기 뚝뚝—

내 앞에 방울방울 눈 구슬 흥건히 쏟아져
나를 어르고 달래는 따뜻한 신의 손길
오, 너는 목줄 벌겋게 울먹이며 오는
내 안 깨끗한 영혼, 사랑의 찬란한 묘약이다

달 달 무슨 달

가뿐, 천상의 몸인 양 날아갈 듯
고고히 방 안을 밝혀 앉은 속 깊은 여자,

그 모습 이윽이 바라보고 있으면
난 아무리 힘들어도 힘겹지 않아
언제나 달빛처럼 향기롭고 별빛처럼 눈부신
맑은 몸빛 은은한 향기의 여자

한결같이 나를 바라 앉은 힘만으로도
난 지칠 일도 눈물 날 일도 없을 것 같은
꿈인 듯 생시인 듯 바라보는 여자

오가는 눈길 서로가 외따로이 무심해도
매일 내 잠의 머리맡 다정 다정 쓰다듬는
오롯 사랑하는 님에게만 몸 여는 여자
내게 편안한 안식을 주는 고요한 여자

미쁜 몸 색 정갈함 무엇보다 귀하고 귀해
불면 날아갈까 안으면 깨질까 가만가만
다가가 안으면 못내 품 안에 쏙 들어오는

환한 달덩이 몸 둥실 나를 밝히는 여자

이 세상 단 하나 나를 위해 태어난
월궁에서 하강한 나의 천사 항아님
생을 건너, 건너 찾아온 내 첫사랑 여자여

방충

때맞춰 산나물 뜯으러 여름 산 들면
산은 어느새 생명들로 우글우글
살갗이 삽시에 벌집된다

그렇다면? 오늘은 어디 한번 덤벼 봐라
맨살 빈틈없이 방충제 바르고
산 오른다

숲 가까이 다가가자 아니나 다를까
새카맣게 나를 향해 몰려드는
윙윙- 사나운 날갯죽지 저격의 편대들,
속사포 타앙!
냅다 내게 들이대는 순간,
돌연한 방충의 포연에 혼비백산
소리의 공포만 앵앵앵~
귓전 맴돈다

그러거나 말거나 나는 태연히 산나물 뜯고,
적들은 여전히 내 허점 노리고,

＞

그득그득 한가득 자연의 밥상 두고
거대한 내가 허공의 점들과 대치해
완전무장 위장술로 탕!
눈앞 까맣게 진을 친 머들거림
완벽히 물리치고 돌아오는

풍성한 고봉 내 밥그릇만큼이나
챙겨 든 전리품 무겁고 무거운
한 마리 짐승의 쓸쓸한 여름 나들이

잔인한 사월
—너의 상사를 대신 노래함

어쩌자고 너는 나를 자꾸 꽃 피게 하느냐
가만히 있는 나를 흔들어 목마르게 하느냐
이미 꽃도 나비도 다 지난 나를
왜 자꾸만 향기의 봄바람에 몸 떨게 하느냐

어쩌자고 나를 있는 대로 흔들고 흔들어
난만한 봄날의 꽃물결 출렁이게 하느냐
솟구쳤다 제자리 돌아오고야 마는 파도처럼
매양 허무의 늪가를 서성이게 하느냐

제 그림자에 취해 몽환의 길을 걷듯
불 꺼진 창 설움의 뒤안길 헤매게 하느냐
돌아보면 까마득히 타오르다 만 열망의 불꽃
나를 빈방 외로이 쓸쓸히 팽개치느냐

소리쳐도 돌아오지 않고 달려가도 붙잡을 수 없는
이명의 메아리에 귀 기울이게 하느냐
시도 때도 없이 몸은 화염으로 타올라
쓰러져도, 스러지지 않는 열꽃 핀 가슴

>
어쩌자고 밤낮 자꾸만 나를 불러 가느냐
진종일 몸부림쳐도 벗어날 길 없는
끄려야 끌 수 없는 열망의 타는 가슴
나 홀로 캄캄, 잔인한 사월을 노래하게 하느냐

제4부

소리 낮

나를 파고드는 소리 있어 누군가
내 심중에 소리의 연못 파고는 있어
그 누군가의 모습 보이지 않아
나뭇잎 파르르 떨림판 되어
겹겹이 소리의 그늘로 깊어지는 거기,
나도 모르게 나 팽팽히 부풀려
둥실 내 몸 들어 올리는
저 투명한 소리의 알갱이들
마음의 못물이 넘쳐 나는
팔월의 눈망울이 떠는 소리
세상의 모든 소음 다 지우며
내 방, 세 평 고요마저
쏴아 떠메고 가는
저
참
매
미
소
리
!

방화범

세상이 발갛게 타고 있다
바알간 일렁임 일렁임을 불러와
불이 불을 더 활활 지른다
나른한 현기증에 울렁이는 나는
저 아궁이의 불쏘시개도 되지 못하는데
불은 점점 걷잡을 수 없이 번져 나
세상이 온통 타는 것으로 자욱하다
자욱한 이글거림 불의 뜨거움 아랑곳 않고
마치 불꽃놀이하듯 불길 속에 뛰어들어
불을 먹고 만지고 안고 뒹구는
저 천 길 불구덩이 사람들,

도대체 저 불 누가 놓았나?
이 산 저 산 가뭇없이 타오르는
방화범 우글우글하는
봄!

한순간 저 천지를 휩쓰는 불길을
소방수도 살수차도 감당할 수 없어

우두커니 넋을 놓고,

기막힌 불구경 한다

가로수가 있는 풍경

무심코 돌아서는 길목
활짝!
눈이 열리는
저 클로즈업 화면의 가을 한 컷,
어느새 잿빛 세상 환히 불 밝힌
노란 은행잎 본다.
불현듯, 저 이글거림 맞닥뜨린 나도
마음에 확 꺼진 불 들어와
한순간 내일의 근심 걱정 싹, 날려 버리는
눈앞 활활 타오르는 불덩이,
가을 없이 덜컥, 겨울 맞는 싸늘한 도심을 뭉텅
한가득 완벽한 가을로 데워 놓은
저 풍등의 황홀한 신세계
샛노란 가을 길 본다

저 길 걸어 돌아오는 사람들 본다
가로수 길 끝없이 자박자박 걸어가고 걸어오는
너나없이 시린 몸 따뜻이 마음 등불 밝혀 든
두근두근 황금빛 배경 눈부신 사람들,
가을 타 어슬어슬 문밖 나선 나도

어느새
저 풍등의 환한 실루엣
한 컷
찰칵!

언뜻, 하느님

해종일 공중부양하듯 허공 두둥실

밥 먹듯 뚜벅뚜벅 벽 걷고 있는 저 사람

그가 한 발 한 발 벽을 걸어가면

누웠던 땅 어느새 일어나 벌떡, 벽이 되는

나날이 묘기인 바람 잘 날 없는 생,

오르고 올라도 눈앞 언제나 텅 빈 허공

어디에도 발붙일 데 없는 까마득한 세상 허공 길을

줄 하나의 목숨 건들건들 두려움 면벽해

아무도 모르게 허공 벽 오르내리는

벽과 벽 아슬히 겁도 없이 건너뛰는

\>

당당 허공에 몸 부린 로프 공의 삶,

지상의 내가 언뜻, 하느님인가 올려다보는

저 외줄기 로프의 단단한 사랑이여

둥근 사각

무심코 창 열면, 저 햇살들 나무들 부신 꽃잎들 길목 오가는 많은 사람들 본다. 오롯이 사각의 창이 내게로 비춰내는 푸르른 신세계, 먼 원뢰가 한 눈 속 길로 열리고 드넓은 하늘을 나는 자유로운 새, 한결같이 나를 살아가는 너를 만난다

너와 나 사이 꽉, 틈 없이 닫아건 싸늘한 빙벽인 창을 열면, 너로부터 비로소 내가 발견되는 한통속 나를 숨 쉬는 눈부신 사람들, 만남이 나비 날개같이 빛나는 삶의 영혼들 본다

나날이 너는 창을 열고, 네가 거듭거듭 창 열 때마다 눈앞 새로운 세상 활짝 활짝, 네가 내게로 마음 문 활짝, 거대 세상 벽 허문 한 몸 따뜻한 세상 본다

세상의 수많은 창들은 높고 낮은 빛의 날개 저 환한 창들은, 존재를 비춰 내는 단 하나 네가 나를 비춰 내는 안목, 몸이 몸을 마음이 마음을 여는 유리된 삶의 투명한 거울, 오! 내가 나를 여는 세상이 둥근 사각의 창!

거기 누구세요?

누군가 자꾸 나를 간질인다
나를 따뜻한 온기로 감싸 준다
아무도 없는 한낮의 뜰 안
그 기척의 손길 자꾸만 나를
간질이는 것인데
거기 누구세요?
두리번거리는
그때,

팔랑팔랑! 노랑나비 흰나비 날아든다
한들한들 연두 빛 바람 탄 들꽃향기들
종종종 내 귀 여는 먼데 종달새 울음소리
더욱이 발길 아래는 간질간질
촘촘 흙을 밀어 올리는 일개미들
햇살이 알록달록 꽃수 놓는 화단

예서제서 화끈화끈 기척들로 들끓는
싱숭생숭 낮 뜨거운
봄!

집은 물통을 이고

낙타가 출렁출렁 등에 물 이고 살듯
집도 머리에 출렁, 물통 이고 산다
집의 정수리 불쑥불쑥 무슨 중뿔난 듯
한 집 빠짐없이 각축하듯 돋아난
꼬박꼬박 물통 인 집들의 낙타 떼여

내려다보면 세상은 언제나 아득한 평화
그러나 그 속을 열고 가만히 들여다보면
여기는 한 모금 물에도 생사가 오가는
이랴 이랴 목매기 물길이 짐을 부리는 사막,
머나먼 단솥 길 꾸벅 한눈이라도 팔면
한순간 와르르 무너지는 삶의 물 바닥
그 방울방울 땀방울 길어 얻은 물길을
하늘 가까운 머리맡 집의 명당 터에
단봉의 물통 하나 달랑, 제 생애를 걸고
아슬아슬 삶의 벼랑길 목매 살아가는
결단코 뿔의 고지 사수하는 사람들,

삼백육십오 일 곱다시 제 목숨 받들듯
집의 정수리마다 둥글둥글 맺혀 있는

아름드리 세상을 구원하는 물통들,
밤낮 수심의 물줄기 쏴쏴— 열었다 닫는
저 색색 공중 정원 환한 물꽃 송이 같은!

비손 연가

문득, 잠 깬 머리맡이 싱그러운
한 묶음 강아지풀 본다.

어쩜, 내 오랜 투병에 반가운 손님?
옷자락 살랑살랑 봄의 전령이라도 왔다 갔는지
방 안 가득 번져 나는 저 푸르른 숨결,
닫힌 창 무심한 일상 활짝 열어젖힌다
어느새 저 신생의 손짓 하늘거림 한순간
내게도 하늘하늘 겨드랑이 날개 단 듯
저 높은 창공 드넓은 세상 훨훨~
한껏 생명의 물결 출렁이는 방!

"산책길에 풀이 하도 좋아서……"
쉬 걸을 수 없는 딸의 발걸음 대신해
무거운 몸 뒤뚱뒤뚱 한 다발 빛의 새벽을
이슬빛 영롱한 생명의 파동을
비손 고이 내 앞에 부려 놓으신 어머니,
구부정한 지팡이 몸 다가서는 순간
그만 눈에 티가 들었나 울컥,
눈앞 몽글몽글 한가득 피어난

세상 온통 뿌연 풀꽃 천지다
봄내 방 안에만 갇혀 살던 나는
어느새 드넓은 초원에 있다

첫봄 엄마
—해운대에서

어디선가 관광버스 몇 대 달려와

아이들 줄줄이 쏟아 낸다

아이들 먹이를 찾아 나선 방개들같이

해변으로, 해변으로 몰려간다

어느새 까만 조가비 아이들 다닥다닥

그윽이 품 벌려 안고 있는 바다

일렁이는 젖가슴 거침없이 내놓고

한나절 고물고물 젖 빨린다

저 팅팅 불은 젖가슴이 무장 흘려 놓는

훅— 바람이 끼쳐 오는 비릿한 젖 내음!

\>

어느새 푸릇푸릇 삼동의 몸 풀린 바닷가

첫봄의 부화가 저리도 올망졸망

오동통 젖살 올라 무럭무럭 눈부시다

푸른 신호등

한순간 불을 켠 거라
캄캄한 나를 번쩍, 켠 거라
지금껏 브레이크 없는 벤츠*처럼 내달려 온
내 삶의 일방통행
스스로도 감당할 수 없어
몸 번쩍, 정신 차린 거라

예사로이 과속에 과속을 더해
앞뒤 없이 달려온 가속의 삶
몸 덜컥, 주저앉은 지금에야
내 한 몸 헤아리지 못하고 달려온 죄
비로소 알게 된

꼼짝할 수 없는 천 근 파김치 몸뚱이
욱신욱신 드세게 욱신거릴수록
더욱더 밝아지는 내 안의 불빛
인광이여!

그리하여 캄캄한 나를 한순간 활짝,
열어 버린 거라

내 마음의 등화신호
몸 스스로 반짝!
푸른 신호등 켠 거라

고맙다 몸아!

* 브레이크 없는 벤츠: 김용원의 책 제목에서 차용.

봄비
—노포 오일장

가는 날이 장날이라고 때 맞춰 봄비도 내려 눈앞 부슬부
슬 는개*비에 마음들도 향긋 꽃처럼 부풀어 한결 가벼운 발
걸음 장을 본다

닷새마다 열리는 도심 속 장날은 언제나 사람들 발길로
시끌시끌한 색색 들꽃같이 펼쳐진 난전들에는 꽃에 나비 앉
듯 손님들 북적인다

사고파는 소리 자욱 빗속에 묻혀도 누구 하나 툴툴 마음
다치는 이 없는 큰 장바닥이 꽃송이 하나로 함초롬 빗속에
젖어 든 한마음, 살 것도 팔 것도 많은 노포장은 봄비로 더
한층 술렁인다

사람과 물건이 울긋불긋 한통속 봄비는 부슬부슬 봄비
오는 장터는, 사람 마음도 한껏 버들잎 물오르듯 향기로워
져 한 줌 봄비도 덤으로 얹어 주고받는, 마음에 단추 열어
젖힌 저잣거리,

저 고추 모종 비 맞아 파릇파릇 더 생생하다

* 는개: 안개보다 조금 굵고 이슬비보다 좀 가는 비.

아이들의 집

뽀얀 먼지 이는 마당
한 떼의 새들이 재잘거리며 날아간 뒤
언제나처럼 미끄럼틀 저 혼자 반질반질 미끄럼 타고
제자리 찾으려 무릎 삐걱이며 흔들리는 그네
방금 장난꾸러기들 두서없이 놀고 간 마당 귀퉁이
바람 한 자락 가라앉지 않고 맴을 돈다
그 바람의 발길에 불려 온 아이들이 사는 집
드문드문 바람막이 나무들이 지키는 집
바람벽 덜컹덜컹 자장가 삼아 잠드는 집
꿈길에서도 시린 날갯죽지 서로의 품 되어 파고드는
한낮에도 그림자 짙게 앉은 길목의 끝 집
저기 저 아이들 눈빛같이 반짝이는 유리창에는
기운 하늘 한쪽 먼 꿈들이 별빛처럼 일렁이는
언제나 따뜻한 품이 그리운 아이들의 집
이빨 빠진 잇몸이듯 열린 대문에는
자박자박 바람 발자국만 들며 나는 집
언제나 봐도 텅 빈 하늘가 아이들의 마당에는
목 뺀 해바라기 나무들만 우두커니 담 밖 지켜 선
밤낮 아이들의 서늘한 눈빛 어른으로 늙어 가는
뿌리에 바람 든 풍문의 집

이상한 버릇

한길, 저 오가는 사람들 보면 때때로
난 그들의 몸속 길 궁금한 것이다
바쁘게 또는 느리게 제 길 타박타박
한결같이 앞만 보고 가는 한가로움 보면
태초 어미의 어미로부터 물려받은
순결한 백지 몸에 오롯이 낱낱 기록된
얽히고설킨 거미줄 촘촘한 길의 흔적들
갈래갈래 직선 곡선 날카로운 예각의 길들
단단 만년 설국같이 지워지지 않는 길들이
문득문득 궁금해지는 이상한 버릇,
저 거룩한 천사 같고 우아한 미륵 같은
티 없이 맑은 몸에 티끌로 새겨진
한 사람의 몸속 쾅, 화인의 불도장 찍힌
그 생의 두루마리 펼쳐 보고 싶은 것이다
광장이 빛나는 수많은 비너스 다비드들
그 아름다운 굴곡이 몸 바쳐 걸어간
에둘러 싹 흔적 없이 지우고 싶고
다시금 되불러 향기로이 걷고 싶은
구불구불 실타래로 얽힌 길의 실마리들,
덜컹, 한 사람의 몸 열고 들어가면

잘못 든 길이 지도를 만들듯
스스로를 거역하며 걷고 있는 길 없는지
문득문득 궁금해지는 이상한 버릇,
살아 있음이 꼭 묻고 물어야 할
아니 내가 나에게 더욱 다그쳐 물어야 할
이 슬프고도 당연한 버릇!

십일월

시간이 나를 넘어갔다
달력의 숫자들 훌쩍, 나를 건너뛰었다
홀로 시간 뒤에 남겨진 나는
먼 길 걸어 방금 도착한 사람처럼
까마득히 잊었던 시간 뒤돌아본다
십일월의 문턱에서야 비로소
벌써 맞닥뜨린 십일월에 나는 아연,
까맣게 잊고 살았던 시간의 아픔들
잿빛 기억 속 멈춰 있는 나를 본다

몸 후끈 신열에 떨던 고약 같은 시간들과
몸 따로 마음 따로 놀던 벽창호의 날들과
돌아보면 남 탓이라 우기던 모든 내 탓과
유유자적 여백이라 노닐던 허송세월들과
수없이 나를 부정하며 너를 사랑한
사랑 아닌 사랑에 목매 몸 던지던
뒤늦은 후회 쓰라린 상처의 시간들이
한 해가 기울어 가는 지금에야 비로소
몸의 허물 벗듯 검은 딱지 떨어진 새살처럼
문득, 나를 맞이한 십일월 본다.

\>
저기 저, 촌분의 시간도 아깝다고, 아깝다고
가을마당 조잘대는 금싸라기 햇볕들
샛노란 금싸라기 주렁주렁 달고 있는 나무들
금쪽같은 시간이 흘러가는 십일월

해 설

봄의 시학, 그 궁극적 영혼주의
—윤홍조 시의 의미

김경복(문학평론가, 경남대 교수)

시의 본질은 무엇일까? 이 물음에 대한 답은 논자마다 다양할 터이지만, 나의 경우에는 예전이나 지금이나 여전히 시의 본질은 '혼의 형식'에 있다고 말하고 싶다. 시는 혼을 부르고, 혼에 공명하며, 혼을 노래한다. 이를 시인의 행위로 고쳐 말한다면 혼을 부르는 것으로서 초혼招魂, 불러낸 혼에 동화하는 것으로서 접신接神, 접신한 상태에서 혼의 신성을 노래하는 것으로서 방언方言이 바로 시의 형식이 된다는 뜻이다(여기서 '방언'은 접신한 사람이 무아지경에서 신의 말씀이나 은총을 중얼거리는 것을 말한다).

그런 점에서 시의 행위와 형식은 원천적으로 종교적 특성을 갖는다. 나는 시의 형식과 기능이 매우 종교적이라고

120

생각한다. 발생학적 차원에서 살펴보더라도 시는 원시시대 이래 한 부족의 안위와 풍요를 신에게 간구하는 제사장의 제천 의례에서 나왔음이 고고인류학에서 밝혀지고 있다. 즉 시의 본질은 신에게 인간의 결핍과 부족을 채워 줄 것을 간구하고, 그 간구를 들어줬다고 여길 때에 드리는 감사의 형식에 있다는 것이다.

그렇게 본다면 시는 호소이자 구원이다. 자기를 비롯한 모든 생명체의 근원에 내재해 있는 고통(/죽음)이나 결핍을 치유하고 채워 줄 것을 신, 다시 말해 혼에게 비는 구원의 형식이다. 그렇기에 시는 혼에 민감하고, 혼의 작용에 더없이 섬세하게 부응하며, 혼의 역사役使에 기꺼워한다. 시인이라면 어느 정도 이와 같은 혼의 울림에 자신의 존재성이 동조화되는 것을 발견하지 않을 수는 없을 것이다.

여기 그런 시인이 있다. 윤홍조가 바로 그런 시인으로서 혼의 울림에 민감하고, 혼의 발현을 통해 존재 전환을 꾀하고자 애쓰는 사람이다. 첫 시집부터 이번 세 번째 시집의 내용까지 찬찬히 읽고, 거듭 고쳐 읽으며 가진 생각이 그것이다. 윤홍조 시인이야말로 시혼詩魂의 시인이라 알려진 김소월 못지않게 혼의 흐느적거림에 매우 섬세하고도 예민한 반응을 지속적으로 하고 있었구나 하는 감탄! 어쩌면 이 말은 시인으로서는 찬사일지 몰라도 일상인으로서는 불행을 지적하는 말일지 모른다. 그러나 우리는 이 자리에서 시를 말하고, 시인의 특성과 품격을 말할 뿐이지 일상적 삶의 모양새를 말하고자 하는 것은 아니다.

그런 점에서 윤홍조 시인의 시 세계를 깊이 음미하기 위해서는 그녀의 시가 어떻게 혼의 울림에 민감히 반응하는지, 그리고 반응의 결과로 무엇을 그리고 있는지를 보여 주는 시적 풍경 속으로 질러가 볼 일이다. 그럴 때 독자들은 그 길이 한 인간의 외로운 내면세계를 반영하는 길이지만, 심층적으로 인간 존재의 근원적 고뇌를 성찰하고 극복하고자 애쓰는 장엄한 행로이기도 함을 알게 될 것이다.

투병을 통한 존재의 성찰과 이후의 실존 의식

영혼은 어디에서 태어나고 자라게 되는가? 소월은 「시혼」에서 영혼을 사람들이 감지하려면 '밝음을 지워 버린 어두운 골방'이나 '새벽빛을 받는 담벼락 위에서야, 비로소 보기도 하며 느끼기도 한다'고 말한 바 있는데, 이는 삶의 앞면이나 밝음 속에서는 영혼을 느끼지 못하고 외롭고 어두운, 곧 애처로운 상황에서야 보고 느낄 수 있다는 말일 것이다. 윤홍조 시인의 경우도 이와 유사하다고 볼 수 있는데, 그녀에게는 그것이 바로 아픔의 그림자, 곧 투병과 관련된 어두운 상황에서 이루어졌다고 말할 수 있다.

그녀의 시에서 투병과 관련된 정보와 이미지는 첫 시집부터 이번 세 번째 시집에 이르기까지 지속적으로 나오는 내용이다. 아픔의 내용에 대해서는 시 속에 분명히 제시되고 있지 않아 정확히 알 수 없지만, 1996년 등단하고 첫 시집 『첫나들이』를 2017년에 발간하는 것으로 보아 약 20여 년 가까운 시간을 칩거할 수밖에 없는 사정, 즉 투병 생활을 짐작해 볼 수 있고, 그에 따라 병증은 꽤 심각했다고 유추해 볼 수 있다. 즉 아픔의 발생과 치유를 통한 잠적의 시간을 시인은 꽤 오래 가졌고, 그간의 경험과 사연이 이후 시집에 형상화를 거쳐 표현되고 있음을 미루어 알 수 있는 것이다(이 점에서 첫 시집의 제목이 되는 '첫나들이'는 병상으로부터 밝은 세계로 나오는 기쁨의 표현이라는 점에서 의미심장하다 못해 처연한 감을 준다).

이번 시집에서도 여전히 그 흔적이 남아 있는지 투병과 관련된 언급을 하면서 그것이 자신의 삶과 인식에 어떤 영향을 미치고 있는지를 밝히고 있다. 그 시는 이렇다.

손안에 만져지는 싸늘한 주검 같은 냉기에
깜짝, 나는 소스라쳐 놀라고
비로소 내가 살고 있는 죽음 본다

삶이 이렇게 나를 깜찍하게 속이는데도
나는 지금껏 가까이 오는 너를 알지 못하고
고양이 발자국처럼 다가오는 소리 듣지 못하고
눈앞의 생에 급급해 눈멀어 사는 동안
삶의 자리에 언제란 듯 죽음은 찾아와

탕약 식어 가듯 그렇게 뚝, 끝나는 삶

홀연 내 몸이 가고 있는 주검 본다.

온전히 손에 쥐어져 있는데도 알지 못하는

탕약 식어 가는 그동안의 생,

탕약 한 봉지 데워 먹는 데도 일생이 간다

—「그동안의 생」 부분

이 시가 주는 감동은 병마가 시적 화자에게 주는 충격과 깨우침의 내용에 있다. 거기에 더하여 그 병마를 끌어안고 살 수밖에 없는 시적 화자의 고달픈 마음에 대한 연민에서 발생한다. 이 투병 생활은 이번 시집의 다른 시, 가령 "어쩜, 내 오랜 투병에 반가운 손님?/ 옷자락 살랑살랑 봄의 전령이라도 왔다 갔는지/ 방 안 가득 번져 나는 저 푸르른 숨결"(「비손 연가」)에서도 볼 수 있듯 오래고 질긴 형태로 남아 시적 화자에게 여러 감정과 생각을 불러일으키게 한다. 일차적으로 우리는 그 생활이 강제적 칩거 내지 유폐로 고통과 외로움, 답답함 등의 부정적 심리를 표출하게 하였을 것이란 점을 짐작할 수 있다. 윤홍조 시인의 이전 시집에 이런 내용들이 상당수 피력되었음을 찾아볼 수 있다. 그런 고통과 소외감에 따른 애절함과 안타까움에 대한 동일시를 통해 독자에게 시적 감동의 단초를 제공하고 있음은 분명하다.

투병은 말 그대로 병마와 싸우는 것, 때문에 싸우는 가운데 온전히 이기지는 못했을지라도 어느 정도 일상을 영위하는 정도로 나아가는 것은 당연하다. 그래서 다시 사회로 복귀하여 시집도 내고 활발히 문단 생활을 영위해 보기도 하였겠지만 개인의 내면을 들여다보면 병마는 여전히 어두운 그림자를 드리우고 시적 화자를 괴롭히고 있을 것이다. 위 시 「그동안의 생」은 바로 그런 점을 시사한다. 완전히 떨치지 못한 병마가 오랜 투병 생활 끝에 시적 화자에게 새롭게 남긴 영향을 말해 주는 것이다. 즉 일차적 감정 너머의 이차적 깨우침의 영역이 있음을 보게 된다는 것이다. "탕약 식어 가는 그동안의 생, / 탕약 한 봉지 데워 먹는 데도 일생이 가"는 것을 보면서 문득 "손안에 만져지는 싸늘한 주검 같은 냉기에/ 깜짝, 나는 소스라쳐 놀라고/ 비로소 내가 살고 있는 죽음"을 보게 된다는 통찰 같은 것 말이다.

그렇지 않을까? 고통이야말로 사람을 가장 깊숙하게 자신의 존재성을 성찰하게 하고, 삶과 죽음이란 화두 앞에 겸손하게 만든다. 특히 아픔을 통해 산다는 것이 "눈앞의 생에 급급해 눈멀어 사는 동안/ 삶의 자리에 언제란 듯 죽음은 찾아와/ 탕약 식어 가듯 그렇게 뚝, 끝나는 삶/ 홀연 내 몸이 가고 있는 주검 본다"는 의식을 얻게 되는 것은 매우 많은 깨우침과 겸손함을 불러일으킨다. 그 가운데 죽음을 직시함으로써 얻게 되는 통찰, 즉 '내가 살고 있는 죽음'이란 심오한 깨달음을 얻게 되었다면 이는 투병 생활이 마냥 부정적인 것만은 아니란 사실을 알게 한다. 이 표현에 따른다면 '죽음도 살고 있다'란 명제가 성립할 수 있다.

삶이 죽음과 함께하고 있다는 통찰은 삶의 끝에 죽음이 있는 것이 아니라 '삶 속에 죽음이 있고, 죽음 속에 다시 삶이 있는', 다분히 윤회적 관점에서의 삶과 죽음의 모습을 꿰뚫어 보는 것으로 생각할 수 있는 것이다.

　이는 무엇인가? 그것은 결국 투병을 통해 죽음의 실체를 실감으로 감지하였다는 것이자, 죽음 너머에도 또 다른 생이 있다는 어떤 암시적 깨달음을 말해 주는 것으로 볼수 있다. 즉 영적 실체와 형식에 대한 감응의 표현이라 볼수 있는 것이다. 외로움과 죽음의 공포 속에서 윤홍조 시인은 혼의 파장과 혼의 형식에 대한 인식의 싹틈을 본능적으로 직관하고 있다는 의미인 셈이다. 이러한 예감은 현재적 삶의 모습에서도 감지된다. 다음 시편들이 그런 예다.

　　내가 나를 깜박깜박 잊는 날들 있다
　　잊고 잊어도 뭐가 그리 잊을 게 많은지
　　머리칼 빠지듯 드문드문 바람처럼 빠져나가는 기억들

　　방금도 어, 여기가 어디지?
　　잘 가던 길도 눈앞 캄캄, 암전되듯
　　하얗게 방향 잃고 헤매는 나를 본다
　　내가 내게서 점점 멀어지는 이 기억의 집,

　　…(중략)…

네가 아무리 기억의 머리칼 소중히 받들어도

기억은 시간과 어깨동무 언제란 듯 사라지고

시간 밖의 나는 시간의 그림자로 떠돌 뿐이다

　　　　　　　　　　　　　　　　—「기억의 집」 부분

시간이 나를 넘어갔다

달력의 숫자들 훌쩍, 나를 건너뛰었다

홀로 시간 뒤에 남겨진 나는

먼 길 걸어 방금 도착한 사람처럼

까마득히 잊었던 시간 뒤돌아본다

십일월의 문턱에서야 비로소

벌써 맞닥뜨린 십일월에 나는 아연,

까맣게 잊고 살았던 시간의 아픔들

잿빛 기억 속 멈춰 있는 나를 본다

　　　　　　　　　　　　　　　　—「십일월」 부분

　이 두 편의 시가 말해 주는 내용은 시간의 흐름에 의한 삶의 현실과 그에 따른 존재의 소멸에 대한 공포감을 말해 주는 것에 있다. 먼저 「기억의 집」은 "내가 나를 깜박깜박 잊는 날들 있다"에서 볼 수 있듯 삶 속에 끼어든 죽음의 냄새와 실체에 대한 공포감의 표현이다. 현재적 실존으로 주어지는 지금의 삶은 "머리칼 빠지듯 드문드문 바람처럼 빠져나가는 기억들"로 "내가 내게서 점점 멀어지

는" 존재의 소멸에 이르는 현상을 드러낸다. 이는 존재의
본질적 특성으로서 불가역성不可逆性과 불가피성不可避性을
드러내는 인식의 표현이다. 모두 삶 속에서 불어나는 죽
음의 그림자의 흔적에 민감하게 반응하여 형상화하는 것
으로 볼 수 있다.

　이는 「십일월」에서도 마찬가지로 나타난다. "십일월의
문턱에서야 비로소/ 벌써 맞닥뜨린 십일월에 나는 아연,/
까맣게 잊고 살았던 시간의 아픔들/ 잿빛 기억 속 멈춰 있
는 나를 본다"는 말은 십일월이 십이월이라는 시간의 끝
에 곧 당도할 지점에 이르렀다는 위기감, 즉 존재의 소멸
에 대한 놀라움과 두려움을 표현한 것으로 볼 수 있다.
"까맣게 잊고 살았던 시간의 아픔들"이야말로 죽음을 의
식하지 못하고 살았던 자신의 무지에 대한 반성이자 죽음
에 대한 민감한 반응의 표현이라 할 수 있는 것이다. 그
런 점에서 이 시도 존재의 본질에 대한 성찰을 시간의 무
상함, 아픔으로 인한 실존적 현실에 대한 지각知覺으로 수
행하고 있다.

　그런데 위 시의 두 편 모두 죽음에 대한 의식을 하면서
죽음 너머에 또 다른 생, 즉 영혼의 존재성이 있음을 암시
하고 있다. 이것이 「기억의 집」에서는 "시간 밖의 나는 시
간의 그림자로 떠돌 뿐이다"에 나오는 "시간 밖의 나"에 나
타나고, 「십일월」에서는 "홀로 시간 뒤에 남겨진 나는"에
나오는 "시간 뒤에 남겨진 나"에 드러난다. 시간의 형식이
삶과 죽음을 결정하는 것이라면 "시간 밖의 나", 혹은 "시

간 뒤의 나"는 시간을 초월한 어떤 존재를 말함이며, 그것은 '영혼불멸靈魂不滅'이라는 말에서 간취할 수 있듯, 어떤 영원한 존재에 대한 본능적 이끌림을 드러낸 것이자 바로 그런 존재를 그리워하는 것으로 보이는 것이다.

그렇게 볼 때 지금의 삶 역시 투병 생활과 같은 차원에서 존재의 본질에 대한 성찰을 유도하고 그에 따라 시간을 초월한 영원한 존재로서 영혼의 존재를 갈망하게 하는 실존적 삶의 현실이라 할 수 있다. 윤홍조 시인의 이러한 현실적 삶의 모습과 인식은 다른 시인들에게서도 나타날 만한 것이라 해도 그 과정의 진정성과 치열성은 체험의 심화와 더불어 존재의 본질에 대한 제 나름의 깊은 통찰로 나아가게 했다는 점에서 매우 의미심장한 일이라 하지 않을 수 없다.

봄의 시학, 그 기운생동의 생태주의

왜 봄인가? 왜 봄이어야 하는가? 이에 대해서는 다들 제 나름의 답을 마련할 수 있을 것이다. 윤홍조 시에 나타나는 봄의 이미지 역시 대다수 사람들이 생각하는 봄의 원형적 의미에서 크게 벗어나지는 않는다. 겨울을 이겨 낸 봄, 그것은 겨우내 죽어 있던 생명들이 새싹을 피우면서 활발하게 활동하게 된다는 사실을 가리킨다. 이것은 누구나 알고 있는 내용이다. 따라서 그것은 상징적 차원에서 죽음을 이겨 내고 생명의 본질로서 삶의 활동을 시작하게 되었다는 의미를 가리키는 것이기도 하다. 이때 봄은 생명 활동의 필수 요소로서 빛과 바람과 새싹(/꽃) 등의 사물 이미지와 생생한 움직임을 가리키는 형용사와 동사 이미지들을 거느린다.

윤홍조에게 봄의 이미지는 오랜 투병 끝에 맞이하는 삶의 회복과 감격으로서 필연적 소재가 된다. 그녀의 시집 전체를 살펴보더라도 계절이 배경이 되는 시에서 봄은 절대다수를 차지하고 있다. 그녀의 시에서 봄의 사상과 형상을 노래함으로써 겨울이 갖는 구속과 죽음의 공포에서 벗어난 기쁨을, 아직 그 억압과 굴레에서 완전히 벗어나 있지 않더라도, 한 조각 맛본 삶의 활기와 생의 약동에 대한 감격과 전망을 미치도록 부르고 있는 것은 시인의 인생 여정으로 보아 너무나 당연한 사항일 것이다. 이번 시집에서도 이런 현상은 계속 나타나고 있다. 다음 시편들이 이를 잘 드러내고 있다.

졸졸졸~~ 계곡에 머문 듯 흐르는 도랑물 본다. 아무렴, 이런 얕은 물에도 생명이 살까? 내 호기심은 물의 유리창 갸웃 고개 두리번거리는데, 그때 어른어른 빛의 물살 가르며 가물가물 눈에 들어오는 물의 깃털 같은 것들, 하늘하늘 보호색 흙빛 몸 열고 닫으며 그늘진 바위틈 수초처럼 드나들며 제 생명의 초석 심고 있는 저 작은 몸 몇!

지난여름 콸콸콸 천둥 치던 물소리 사라진 봄 가뭄 깊
어 훤히 바닥 드러난 물에 고물고물 살고 있는 어린 송사
리 떼 본다. 마치 꺼질 듯 파르르 일어나는 불꽃같이 봄날
의 노란허기 빈 밥그릇같이 텅 빈 대지의 계곡에 없는 듯
살고 있는 물고기 몇 마리가 장대한 산자락 다 꿰차고 있
는, 저 생명의 씨앗 기루는 봄

　그날 난, 풀잎 한 점도 예사로이 지나칠 수 없는 생명
의 환호작약 콸콸콸! 대지를 흔드는 푸른 물소리 점입가
경 깊어지는 숲의 함성에 돌연, 머리가 곤두서는 두려움
으스스 대지모신의 신성한 기운 앞에, 때 절은 발길 들킬
까 쫓기는 도망자 숲을 나왔다

　　　　　　　　　　　　　　　　—「출입금지」 전문

　잎새들 사이 두 줄기 오동통한 꽃대 올라왔다 애타는
내 기다림에 이제야 꽃이 피려나 난 반갑고도 믿기지 않
아 보고 또 바라본다. 혹 저 꽃대 도로 분 속으로 들어갈
까 보아 부정이라도 탈까 보아, 햇빛 채광과 달빛 그림자
를 가늠해 바람의 방향을 돌려놓고 싶기도 하고 몇 번이
나 창을 열었다 닫았다 성스러운 기도의 손길 마음의 걸
레질 수십 번 하였다

　그런 어느 날, 난꽃 활짝! 천지에 개화의 꽃송이 터뜨

렸다. 집 안에 은은한 향기 감돈다 마치 자신을 가다듬는
귀한 사람같이 볼수록 흰 꽃 색 정갈하고 부시다. 어느 날
문득 바람 없는 깨끗한 청빈의 뒤끝 남기려는지 샛바람
에도 흐트러짐 없는 고고한 품성 싱그러이, 식구들 눈 불
러들인다 아예 내외해 하나로 몸 묶어 살아가는, 저 난꽃
피는 고요한 설렘!

—「지란지교芝蘭之交」 전문

　　이 두 편의 시가 주는 아름다움은 시적 화자가 대상을
바라보는 태도에서 발생한다. 곧 자연의 생명에 대한 찬
탄과 경외심이다. 찬탄, 다시 말해 놀라움은 「출입금지」에
서는 "그날 난, 풀잎 한 점도 예사로이 지나칠 수 없는 생
명의 환호작약 콸콸콸! 대지를 흔드는 푸른 물소리 점입가
경 깊어지는 숲의 함성"에 나타나고, 「지란지교芝蘭之交」에
서는 "샛바람에도 흐트러짐 없는 고고한 품성 싱그러이,
식구들 눈 불러들인다 아예 내외해 하나로 몸 묶어 살아
가는, 저 난꽃 피는 고요한 설렘!"에 나타난다. 경외심은
「출입금지」에서 보이는 "대지를 흔드는 푸른 물소리 점입
가경 깊어지는 숲의 함성에 돌연, 머리가 곤두서는 두려
움"에 보이고, 「지란지교芝蘭之交」에서는 "혹 저 꽃대 도로
분 속으로 들어갈까 보아 부정이라도 탈까 보아, 햇빛 채
광과 달빛 그림자를 가늠해 바람의 방향을 돌려놓고 싶기
도 하고 몇 번이나 창을 열었다 닫았다 성스러운 기도의

손길 마음의 걸레질"에 담겨 있다.

시적 진전을 살펴보면 대상에 대한 찬탄과 경외감은 동떨어져 있지 않고, 곧바로 이어져 대상에 대한 복합적 감정과 태도를 불러일으키게 하고 있다. 윤홍조에게 자연에 대한 경이감驚異感은 경외감敬畏感의 또 다른 표현일지 모른다. 모두 생명의 약동과 아름다움으로 인해 시적 화자는 자연이 주는 감동을 생명 현상의 두려움, 즉 자연의 섭리로서 존재의 본질에 대한 경외심으로 담게 되었다는 의미다. 이는 사물의 깨어남을 바탕으로 한, 죽음 너머의 삶의 형식, 어쩌면 죽음 너머에서도 존재하고 있을지 모르는 영혼의 삶의 형식을 이 자연현상에서 보아 버렸다는 두려움의 표현일지도 모른다. 그런 점에서 시인은 현상 너머에 있는 진실과 진리를 꿰뚫어 보는 존재, 즉 랭보의 말을 따라 '견자見者'인 셈이다.

그런데 이 시들의 밑바탕에 그 모든 것을 가능케 하는 것으로서 '봄의 사상과 형상'이 놓여 있다는 사실이다. 이것은 마치 윤홍조 시의 구성과 전개를 가능케 하는 본질적이고 필연적 사항으로도 볼 만큼 매우 집중적이고 선명한 일관성을 보이고 있다. 우리는 그것을 '봄의 시학'이라 불러 볼 수 있지 않을까? 이것은 시인 윤홍조에게 시가 혼을 부르고, 혼에 공명하며, 혼을 노래하는 형식이라 할 때, 그 구체적 형식을 채우는 실체는 봄의 사상과 형상이지 않으면 안 된다는 의미가 된다. 그것은 혼의 형식으로서의 시가 윤홍조 시인에게는 봄의 형식으로서 시가 되는 것, 다시 말해 죽음 너머의 영적 형식으로서 혼을 맞이하는 것처럼 투병 너머의 새로운 생명의 형식으로서 봄을 맞이하는 것으로 전이되는 것을 말한다. 그녀의 시에서 봄이야말로 가장 영적인 흐름이 충만한 시간대와 공간대가 된다.

이러한 인식을 가지고 있음에 따라 그녀의 시는 기운생동氣運生動을 본능적으로 추구하게 되고 이런 기운생동의 생명 활동을 가장 자연스러운 삶의 현상이자 고귀한 가치를 지닌 것으로 받아들이게 된다. 다음 시가 그런 사실을 잘 보여 준다.

생각해 보면 애초 너의 출생은
침묵,
침묵 속 꽃 피고 열매 맺는
송이송이 활짝, 스스로를 밝혀 든
눈부신 빛의 집적 한 그루 자연일 뿐

장미 수선화 백일홍 수수꽃다리……
세상의 수많은 이름으로 불리는 꽃들

그러나 세상 단 하나
나인 너를,
누가 영산홍!

이름 지어 부를 때,

너는 이미 네가 아니다.
나도 내가 아니다.

—「이름 꽃」 부분

　이 시에서 '꽃'은 존재의 표상이다. 그것은 "침묵 속 꽃
피고 열매 맺는/ 송이송이 활짝, 스스로를 밝혀 든/ 눈
부신 빛의 집적"에서 볼 수 있듯 죽음을 이겨 내고 피어
난 가치 있는 존재, 곧 '눈부신 빛의 집적'으로 가장 고귀
하고 아름다운 실체로서 존재가 된다. 이 시에 투사된 꽃
은 투병을 이겨 낸 시인의 심리적 표상이자 가치의 지향
이다. '빛의 집적'으로서 꽃은 어둠을 이겨 낸 신성한 존
재로서 죽음을 이겨 내는 영적 존재를 상징한다. 그렇게
가장 가치 있고 의미 있게 존재해 있는 상태를 시인은 '한
그루 자연일 뿐'이라 부른다. 자연 상태의 기운생동과 생
명적 활동이 가장 고귀하고 아름답다는 인식을 보여 주
는 것일 테다.
　그 점에서 이 시는 자연적 가치에 입각한 기운생동의 생
명 활동이야말로 우리 시대에 가장 필요한 생태주의적 관
점임을 명백히 하고 있다. 특히 "그러나 세상 단 하나/ 나
인 너를,/ 누가 영산홍!/ 이름 지어 부를 때,// 너는 이미
네가 아니다./ 나도 내가 아니다"에서 보이는 인식에서 볼

수 있듯이 인간중심주의적 재단과 편향이 생명의 본질과 가치를 훼손하는 것임을 분명히 밝히고 있는 것이다. 이 구절은 생태주의 사상의 원조라 할 수 있는 노장사상을 연상시킨다. 노자의 도덕경 제1장에 "도가도道可道 비상도非常道 명가명名可名 비상명非常名 무명천지지시無名天地之始"라는 구절이 나오는데 이 구절의 뜻과 시적 표현의 내용이 너무 교묘히 맞아떨어진다. 곧 노자의 말이 인간의 말로써 설명할 수 있는 '도'는 영원한 도가 아니며, 부를 수 있는 이름은 영원한 이름이 아니듯이 '무명無名'만이 무어라고 이름 붙일 수 없는 하늘과 땅의 기원으로서, 즉 '도'가 된다고 할 때, 윤홍조의 시적 인식도 무심코 이와 같은 흐름을 보여 주고 있다.

이는 인간의 인위적 인식으로 재단한 물질 너머의 세상에 대한 직관을 피력한 것이라 할 수 있다. 곧 인위적 인식에 따른 대상의 왜곡과 억압은 그동안 부정적 근대 문명이 생태계 위기 상황을 불러일으킨 것처럼 모든 생명의 위축과 소멸을 가져오는 길이 된다는 인식이다. 그리고 더 나아가 자연의 섭리와 이치에 따른 생명 활동이야말로 가장 가치 있는 삶의 태도로서 현대에 필요한 생태주의적 세계관이 된다는 논리인 셈이다. 윤홍조 시인이 추구하는 봄의 시학이야말로 생명의 가치에 대한 놀라운 발견이자 현상 너머의 삶에 깃든 신성과 진리에 대한 경외의 마음을 표현하는 형식이라 할 수 있다.

그런 점에서 봄은 생태주의적 관점에서 너무나 자연스

러운 진리 탐구의 시적 형식이 된다. "봄이면 난, 저 쉼 없이 몰려드는 함성에 피웅피웅 쏘아 올리는 향기의 포연 부드러움에, 언제나 가슴 울렁울렁 나비가 사뿐 꽃에 들듯 신부가 두근두근 신방에 들듯, 두 손 두 발 꼼짝없이 사로잡힌, 언제나 눈부셔 눈먼 아득한 봄을 사는 행복한 포로다"(『절대적 식물주의』)로 표현하고 있는 절대적 식물주의, 즉 절대적 자연주의 추구 역시 윤홍조 시인이 추구하는 기운생동의 생태주의 사상에 가장 부합하는 내용이자 가치라 하지 않을 수 없다. 시인은 봄의 시학을 통해 기운생동의 생명 사상, 곧 생태주의 사상을 본능적으로 펼치고 있는 것이다.

존재의 전환과 궁극적 영혼주의

영혼의 물질성을 감지하게 되고, 자연의 신비한 이치에 공명하게 되었을 때 시적 화자는, 다시 말해 시인은 새로운 인식의 눈을 뜨게 된다. 앞에서 언급한 '견자'로서의 눈을 갖게 되었다는 의미일 뿐 아니라, 불교적 차원으로 고쳐 말해 본다면 '육신통六神通의 지혜'를 갖추게 되었다는 뜻일 것이다. 시인이 점차 속인의 몸에서 천상적 존재가 되길 갈망함에 따라 속인으로서는 생각할 수 없는 기이한 행위와 신비를 제 존재성 안에 간직하게 된다. 그것은 존재의 승화와 관련된 깨우침의 과정이다. 다음 시가 이를 잘 보여 준다.

우리는 늘 작은 소리에만 반응한다
우울한 바람 소리 헐떡이는 숨소리,

그러나 정작 들어야 할 소리는 너무 커서
아무도 그 소리 귀 기울이지 않는다

귓전의 딱지 수많은 잔소리 속에서도 또록
햇살같이 반짝, 내가 순응하는 소리

잠자듯 내 안 저 깊은 곳에서 울려오는
조용히 나를 일러 깨우는 귓전의 소리

이 무한 공간에 그 소리 무진 넘쳐 나지만
아무나 쉬 그 소리 듣지도 받아들이지도 않는
나 홀로 듣는 내 마음의 침묵의 소리

매일을 촛불 켜 든 어미의 간절한 기도문 같은
언제나 흔들리는 나를 꽉 다잡아 앉히는 소리
삶이 힘겨울수록 더욱 환히 나를 밝혀 주는

쩡, 하늘에 접신한 듯 천둥같이 들려오는

번쩍! 나를 울려 깨우는 고요한 숨소리

절대 내 안의 혜안, 먹먹한 하늘의 소리를!

—「소리에 대하여」 전문

이 시를 읽고 나서 윤홍조 시의 중심부는 참으로 깊고도 깊을 수 있겠구나 하는 생각이 든다. 사물과 세계를 바라보는 관점이 만만치 않음을 여실히 느끼게 된다는 말이다. 이 시의 의미는 한두 마디로 쉽게 설명될 수 없지만 요약적으로 말한다면 존재의 승화를 통해 새로운 진리를 터득하게 되었다는 내용일 것이다. 곧 "하늘의 소리"로 명명된 진리의 세계를 "아무나 쉬 그 소리 듣지도 받아들이지도 않는/ 나 홀로 듣는 내 마음의 침묵의 소리"를 통해 깨우치게 되었다는 내용이다. 그것은 곧 존재의 도약, 존재의 전환을 일컫는 말일 터이다.

그렇다면 "하늘의 소리"는 무엇인가? 시적 표현을 통해 그 의미를 구성해 보면, "우울한 바람 소리 헐떡이는 숨소리"로 대변된 "작은 소리"는 아니다. 즉 인간의 삶이나 자연현상에서 쉽게 발견되는 표피적이고 일시적인 소리는 아니다. 작은 소리는 인간의 단편적 감각이나 사상에만 포착되는 "잔소리"이자 인위적인 소리다. 그에 비해 하늘의 소리는 인간이 "정작 들어야 할 소리"로 당위적 진리의 소리이자, "조용히 나를 일러 깨우는 귓전의 소리"이고, "삶이 힘겨울수록 더욱 환히 나를 밝혀 주는" "절대 내 안

의 혜안"의 소리다. 진정한 삶과 가치를 알게 해 주는 소리
이자 영적 소리인 셈이다. 이는 불교에서 '천이통天耳通'을
깨달은 사람만이 들을 수 있는 지혜의 소리다.

그런데 묘하게 이 하늘의 소리는 장자의 제물론齊物論에
나오는 '천뢰天籟'를 떠올리게 한다. 장자는 제물론에서 소
리를 세 가지로 구분하여 인간의 소리(人籟)는 원하면 언
제든지 소리를 낼 수 있고 누구나 그 소리를 들을 수 있으
며, 땅의 소리(地籟)는 인간과 상관없이 땅에서 울리는 소
리로 조금 정성을 다하여 귀 기울이면 들을 수 있는 소리
이다. 그런데 하늘의 소리天籟는 무극無極 혹은 태극太極에
서 나는 '없음'의 소리로 인간의 귀로는 들을 수 없는 소리
다. 이는 곧 모든 존재의 밑바탕에서 각 존재의 존재성을
드러나게 해 주는 근원으로서 자연, 즉 '도'를 암시해 주는
것으로 볼 수 있다. 곧 존재의 근원에 대한 감지와 천지대
도天地大道에 대한 앎을 의미한다. 윤흥조 시인이 이를 알
고 썼든 모르고 썼든 모든 존재의 존재, 진리의 진리, 소
리의 소리가 있음을 알게 되었다는 것을 의미한다는 점에
서 이 사실은 놀라운 일이 아닌가! 참으로 기이한 통찰이
라 하지 않을 수 없다.

이런 깨달음의 경지에 이르렀을 때, 시적 화자는 "어디
론가 훌쩍 떠난다는 것은 홀로 나만의 시간에 몸 맡긴다는
것 내가 네게서 아득히 멀어진다는 것// …(중략)… // 저
넓은 초원을 누비는 누 떼처럼 무작정 길 나선 방랑자처럼
가벼운 몸 훌훌 무엇도 걸림 없이 나를 떠나 나를 찾는 신

생의 한때"(『터미널』)처럼 무엇도 걸림이 없는 원융무애圓融
無礙의 마음을 갖게 되고, 더 나아가 "그 멀고 아득한 산정
마당가 서면/ 어느새 내가, 텅 빈 허공의 주인/ 우뚝! 새롭
게 몸 받는 나를 보네"(『보리의 집』)에서처럼 성스러운 육신
의 존재로, 즉 영적 형식의 존재로 전환된 신비한 존재로
서 나를 발견하게 되기도 한다. 이는 상상력의 차원에서
얼마든지 이루어질 수 있는 행위이자 인간의 서원으로 간
절한 영혼의 바람이기에 그 절절함이 독자의 가슴속에 심
원하게 울려온다고 말하지 않을 수 없는 것이다.

그런 점에서 실존적 존재로서 자신을 인식하는 것이 보
다 높은 차원으로 비상하는 것임을 깨우치는 다음의 시는
그녀의 시가 가닿은 절창이자 신운神韻임에 틀림없다. 이
시에 나오는 '나의 완벽'이야 말로 윤홍조 시인이 추구한
궁극적 인간주의, 다시 말해 '궁극적 영혼주의'임을 말해
준다. 그 시는 이렇다.

  나의 완벽이란

  손, 발, 그 튼튼한 몸의 의지의 완벽이다

  귀, 코, 눈, 입, 만으로도 충분한 완벽이다

  거기다 축복 같은 감격하고 전율하는 마음도 있어

  이렇게 있을 게 다 있고 없는 게 없는 나는

  아무리 생각해 봐도 너무 완벽하다

  어디 하나 모자란 게 없어 도리어 깨질까 겁나는

내 몸은 마치 투명한 유리구슬만 같다

어디를 함부로 만질 수도

헛되이 굴릴 수도 없어

앉거나 서거나 가시방석이다

언제 어디서나 조심 또 조심

스스로를 다잡아 지켜 가는

이 완벽에의 추구,

그렇다면 내 가는 길이 곧 사람의 길인

아득히 높고 위대한 삶의 길에 다름 아닌

범부는 함부로 엄두도 못 낼

험한 가시밭길 아니더냐,

저 오랜 선현들이 걸어간 빛나는 발자취

한 발 한 발 캄캄 시린 눈밭 길 걸어가 시대의 새벽을 연

이 완벽이란 삶의 가시밭 진구렁,

그 어둡고 습한 미지의 바람길 한 발 한 발

두 주먹 불끈, 쥔 네가 가고

내가 기듯 주저앉듯 엉금엉금 간다.

　　　　　　　　　　　　　—「나의 완벽주의」 전문

　이 시가 보여 주는 감동은 인간이란 존재가 추구하는
'절대 자유의 길', '궁극적 완성의 길'이 어디에 있는가를
제 나름의 깨우침으로 보여 주고, 그 길을 한 발 한 발 나

아가고 있음을 보여 주는 데에 있다. 『숫타니파타』 경전에서 말하고 있는 '소리에 놀라지 않는 사자처럼/ 그물에 걸리지 않는 바람처럼/ 진흙에 더럽혀지지 않는 연꽃처럼/ 무소의 뿔처럼 혼자서 가라'라는 노래처럼 제 존재의 완성을 위해 가는 길의 안쓰러움과 그것을 이겨 내는 강인함의 아름다움을 동시에 주고 있다. 때문에 시인이 "나의 완벽이란/ 손, 발, 그 튼튼한 몸의 의지의 완벽이다"라고 결연히 선언하는 것은 자신의 삶의 형식이 기원의 상태에 머무는 것이 아니라, 즉 서원을 넘어 진정한 수행의 길에 들어섰음을 확인하는 게송偈頌 같은 것일 것이다. 그런 점에서 "삶의 가시밭 진구렁,/ 그 어둡고 습한 미지의 바람길 한 발 한 발/ 두 주먹 불끈, 쥔 네가 가고/ 내가 기듯 주저앉듯 엉금엉금 간다"는 표현은 전혀 비루하지도 식상하지도 않은 성스러운 행위이자 인식이다. 이 구절에 와서 일상적 행위가 성스러운 의미로 전화되는 제의祭儀, 곧 시적 행위의 가장 본질적이고 근원적인 현상과 의미를 발견하게 된다.

그런 점에서 '나의 완벽'을 추구하는 윤홍조 시인의 이 시는 가장 영적인 삶을 추구하는 종교적 발언이다. 아니 시가 바로 종교가 되는 기이한 체험을 보여 주는 도량이다. 오랜 투병의 실존적 삶을 거쳐, 봄이 갖는 생명 사상과 기운생동의 생태주의는 끝내 존재의 전환을 통해 절대와 완벽이란 단어에 알맞은 '궁극적 영혼주의'에 귀착하게 되는 것이다. 그것은 신성의 회복이자 획득이다. 윤홍조

143

시인은 신성을 잃어버려 생태계 위기를 불러온 산업자본주의 사회의 모순을 가로질러 가며, 참된 인간의 길, 정화되고 승화된 존재의 길이 어디에 있는가를 시적 영혼주의를 통해 보여 주고 있다.